DAIKATANA
哥布林殺手
外傳2
U0028707
蝸牛くも
Kumo Kagyu
繪者／lack
Illustration
鍔鳴的太刀
上
GOBLIN SLAYER!

Character 人物介紹

Sword Maiden lily

女主教

G-BIS
HUMAN　FEMALE

你們在城塞都市的酒館遇見的少女。雙眼在過去的冒險中受了傷。能夠憑藉至高神的權能「鑑定」物品。

Blessed
Hardwood spear

女戰士

N-FIG
HUMAN　FEMALE

你們在城塞都市遇見的少女。是已經進過迷宮的「經驗者」。使槍的凡人戰士。

You are the Hero

你

G-SAM
HUMAN　MALE

四方世界北方的「死亡迷宮」入口處有座城塞都市。你是剛來到那座城市的凡人(Hume)冒險者。修習彎刀刀法的戰士。

©lack

DAIKATANA The Singing Death

Elite solar trooper, special agent and four-armed humanoid warrior ant

蟲人僧侶

G-PRI
MYRMIDON　MALE

你們在城塞都市遇見的冒險者。以迷宮「經驗者」的身分擔任你們的參謀。侍奉交易神的蟲人族僧侶。

Hawkwind

半森人斥候

N-THI
HALF ELF　MALE

在前往城塞都市的途中與你們相遇的冒險者。懂得隨機應變，擅長調解紛爭。是團隊裡的斥候（Scout）。

One of the All-stars

堂姊

G-MAG
HUMAN　FEMALE

與你一同來到城塞都市的堂姊。心地溫柔又愛擺姊姊架子，同時也有少根筋的一面。是在隊伍後方負責指揮的凡人魔法師。

——事情的起源已無人能知。

是可憐的農夫挖出了拱心石，愚蠢的小孩打破了神社的封印，還是天之火石所致？

總而言之，「死」朝整塊大陸溢出，是在不久後的日子。

疾病乘風擴散，吞噬人類，亡者甦醒，草木乾枯，空氣混濁，水源腐敗。

當時的國王下令，「查明『死』的源頭，將其封印。」

大陸的勇士們挺身而出，全數被「死」吞沒，曝屍荒野。

只有某個團隊（Party）留下一句話。

「北方的盡頭有『死』的入口。」

是誰發現那個地方的，無人能知。

那名冒險者也已經消失在「死」面前。

「死亡迷宮（Dungeon of the Dead）」。

人們聚集在無異於死神之口的深淵邊緣，不知何時建立起一座城塞都市。

冒險者在城塞都市召集同伴，挑戰迷宮，戰鬥，獲取財寶，有時直接命喪黃泉。

如此光輝燦爛的日子，一而再再而三地重複。

源源不絕的財寶及怪物，永恆的襲擊與掠奪（Hack and Slash）。

情。

生命彷彿不值錢似地大量犧牲，冒險者沉溺於夢想中，眼神不知不覺失去了熱

最後只剩下與「死」為鄰，不斷受炭火燻烤，宛如灰燼的冒險時光……

紅色刀刃撫過你的眼瞼。接著傳來「咻」一聲的風聲，比聲音還快。

迷宮的石板路中間。稍微拖地的走路方式救了你一命。

你立刻在向前踏步的同時將彎刀由下往上揮，往斜前方使出斬擊。

尖銳的聲響刺入耳中，手掌一陣麻痺。刀刃被彈開，速度慢得令你感到不耐。

你握住刀柄，抽回愛刀扛在肩上。對方並未繼續追擊。

清晰可聞的笑聲於昏暗的迷宮內響起。她在笑你。就讓她笑吧。

「過來啊，在這邊……!!」

槍尖從旁刺出。這一槍銳利得與那溫柔的聲音形成反差。是女戰士。

你和她合作起來，已經不需要靠言語來溝通。

但也不到心靈相通的地步。

「唔、啊!?」

紅光再度斬裂黑暗，接著傳來的是刀劍碰撞聲。長槍伴隨火花彈開。

紅刃畫出一道圓弧，在空中留下軌跡。從頭上砍下的攻擊，她繃緊神情，不。

「嘿咻……！」

——擋掉（Parry）了。

半森人斥候（Half ElfScout）反手握住蝴蝶形的短刀，在千鈞一髮之際讓紅刃的軌道偏移。

看見他靈活地衝過來，女戰士揚起嘴角，拿著長槍努力起身。

「對不起，我搞砸了。」

「是沒關係……但咱一個人撐不住啊！」

每當紅光閃爍，半森人斥候身上就會多出傷痕。他是斥候。一對一對他來說應該有困難。

他大喊著「快來個人回歸戰線啊」，這句話說得再正確不過。

你問她站不站得起來，女戰士回答「我試試看」。那就好。

你把刀拿在肩膀處，再度踏上前，直線衝刺揮了三刀。

紅刃卻將它全數彈開、擋掉，像在滑行般退到後方。

不僅如此，你感覺到背脊發涼，向後跳去。刀刃砍過脖子剛才所在的位置。

——可謂致命一擊（Critical）！

「咱們可是六打一，怎麼還那麼難纏！太奇怪了吧!!」

的確。你附和半森人斥候。可以的話，你也很想盡速解決敵人。

「——不，仔細看！」

號令從後方傳來。蟲人僧侶(Myrmidon)難得大吼。

你很快就察覺到了理由。

黑暗中，有某種東西在膨脹的氣息。

「GHOOOOOOOOOULLLLL!!」

「GGGGGGHOOOULL……！」

紅眼、藍黑色的腐爛屍肉膨脹起來。身穿破布，利牙從嘴角露出。

夜行者(Night Walker)、蚯蚓(Night Walker)、吸血鬼(Night Walker)！

數量龐大，可能是在這座迷宮送命的冒險者，抑或被從冥府召喚回來的生物。

感覺不到邊界的無垠黑暗中，不曉得潛伏著多少敵人。

「不是六對一，而是以寡敵眾。預測失誤。」

蟲人僧侶謹慎地搖晃觸角，嘴巴敲得喀喀作響。

「哎，反正都一樣要殺光。對我們來說是這樣，對牠們來說也是。」

「這樣就不能抱怨數量了。因為敵人反而比我們多，又難纏。」

真狡猾。你繃緊神情，對拿起長槍的女戰士點頭，將彎刀拿在下段。

你躡手躡腳地行走，一面拉近距離，一面感應氣息。紅刃在哪裡？黑暗中，看不見氣息。

再說，所謂的氣息——不存在實體。正確地說，是沒有那種東西。

是聲音，是呼吸，是體溫的餘溫，是空氣的流動。唯有靠五感去感受。

女戰士的眼神閃過動搖。大概是發現你在調整呼吸。

「欸，有什麼計畫嗎？」

這還用說，你揚起嘴角回答，趕盡殺絕。

女戰士無奈地聳肩，蒼白的臉上浮現笑容，看起來放鬆了一些。

蟲人僧侶見狀，「呣」了一聲擺出沉思的動作，開口說道：

「要怎麼做，前衛換人嗎？我都可以。」

「開什麼玩笑！」

半森人斥候冒著冷汗回答。

「咱要親手摘下那東西的腦袋!!」

「是嗎！」

看到斥候氣勢十足，蟲人僧侶磨牙笑出聲來。

與此同時，他那分成好幾節的雙手結起複雜的法印。送還之印。

「亡者應該很不擅長應付『解咒（Dispel）』吧……！」

女魔法師——一手負責管理法術資源（Resource）的你的堂姊看了，吆喝道：

「包含『解咒』在內共三回合！配合我！」

「是！」

旁邊的女主教手握天秤劍，堅強地應聲點頭。

儘管兩眼失去光芒，用眼帶遮住，她的視線依然寄宿著堅定的意志。

曾經柔弱的她，如今也已是熟練的冒險者。

好。你為她的成長感到欣慰，聽從堂姊的指示，用沒拿刀的那隻手在空中結印。

「『我等繞行世界的風之神，請將他們的魂魄送還故鄉』！」

第一回合，蟲人僧侶的「解咒」伴隨強風吹過。

塵歸塵，土歸土。

清新的空氣與讓生命復活的「蘇生(Resurrection)」神蹟類似，腐朽的屍體不可能承受得住。

充斥迷宮的亡者們雖然不是詛咒造成的，面對高階神蹟同樣無法抵禦。

亡者的肉體接連倒下，化為塵埃籠罩四周，堂姊尖銳的呼聲響起。

「溫圖斯(風)！」

「流明(光)！」

接著是女主教的聲音。她舉起天秤劍，如同神明下達神諭般，高聲朗誦咒文。

兩位少女吐出的魔法言語，覆蓋、竄改了世界的法則，製造龐大的力量。

狂風亂舞，光芒正逐漸凝縮，連你都看得一清二楚。

最後，你念出具有真實力量的話語，用結著法印的手解放一切。

——利貝羅（解放）。

狂風。

白光。

巨響。

以及熱能。

白色黑暗蓋過儼然已化為異次元的墓室的黑暗。

免於被「解咒」淨化，仍然維持著形體的亡者們立即蒸發，連慘叫的時間都沒有。

世間萬物，都無法從「核擊（Fusion Blast）」的威力下逃離。

「……老大!!」

「糟、糕……!」

——沒錯，前提是這個世界的存在。

你運氣很好。聽見兩人的聲音，你趴到石板路上往旁邊滾動。

紅刃從眼前擦過，血花綻放。

你親眼目睹女戰士的喉嚨發出笛聲般的聲音，噴出鮮血。

「嗚、咿、啊……啊！」

她面無血色，按住喉嚨，跪下來蜷縮在地上。

紅刃劃過空中。彷彿剛才那一刀的重現，由上往下。刎頸的一擊。

「混帳、東西……！」

半森人斥候(Scout)擋住了攻擊。然而蝴蝶短刀撐不過一、兩次的交鋒就被彈開，身體開出一個洞。

「嗚、呃……！」

你聽見刀刃陷進內臟的聲音，斥候吐出血塊。

面對倒下的同伴，你拿起刀擺好架勢。這樣就兩個人了。

「……！幫他們治療！你繼續專心守住前面，後方由我負責！」

堂姊迅速下達指示。你很尊敬她不會失去冷靜的這部分。

因此，同伴們於後方拚命祈求治癒的神蹟時，你俐落地採取行動。

「核擊」的殘渣灼燒肌膚，你衝上前，拿刀砍向紅刃。

手感很軟。

你用在地面拖行的雙腳踢散殘留的灰燼，拉開距離。

退向後方的敵人在笑。你看見瀰漫周圍的蒸氣中浮現一抹笑容。

——不妙。

「————！請讓開……!!」

女主教幾乎在你舉起刀的同時大喊。

你聽得一清二楚。用彷彿在嘲笑人的語氣念出的法術咒文。

「『溫圖斯（風）……流明（光）……利貝羅（解放）』！」

啊——你連思考的時間都沒有。

疼痛及痛苦都感覺不到，只剩下空白。

聲音消失，天地消滅。

你連自己是站是坐都不知道。

事實上，你只是側倒在地上而已。

一開口，無意義的聲音便隨著吐息一同洩出。

可以確定的只有一件事，來自右手的刀的觸感。

你拿刀做為支撐，跟幽靈一樣搖搖晃晃地站起來。

氣息————感覺到了。

夥伴們倒在墓室的各處。

女戰士像垃圾似地倒在那裡，斥候一動也不動。

蟲人僧侶靠著牆壁癱坐在地上，堂姊縮在旁邊。

除此之外——你的視線對上倒下來的女主教那雙看不見的眼睛。

「……啊……還……能……戰、鬥……」

她顫抖不已，一副隨時會站不住的模樣，靠著天秤劍試圖起身。

處境跟你差不多。你將垂在胸前的鎧甲的繩子扯斷，扔掉。

「可惜啊，可惜……真可惜，你的冒險到此結束了。」

眼前是紅色的刀刃。那傢伙在笑。這種東西如今已派不上用場。

你好不容易拿起刀，對著正面。你心想，這樣有何意義？

紅色刀刃是死亡的記號。你、她、堂姊、夥伴們，大家都會死。

無一例外。

每個人。

都無法從「死」手下逃離。

——既然如此。

像現在這樣拿著刀，到底有何意義？

「……！」

有人在呼喚你，近似悲鳴的聲音傳入耳中。你聽見眾神擲骰的聲音。

接著，紅刃在你得出答案前劃過，鮮血四濺。

二之段 鋼骨試煉場 Proving Grounds of Wireframe

——感覺是個不幸的少女。

踏進那家有名的「黃金騎士亭」時，你看見她，如此心想。

「還可以。」

「不錯了啦，換算成金幣共兩百五十枚。以一天的收入來說挺多的。」

從迷宮歸來的冒險者，各自討論著當天的收穫。

金幣、武器的碰撞聲。來回走動的女侍及服務生的腳步聲。酒和料理的香氣。不斷重合，如同拍打在岸上又退回海裡的海浪，灰暗的酒館儼然是一片海洋。

少女縮著肩膀坐在角落。

光線灰暗，遠遠都看得見她擁有一頭金髮。身材嬌小。從服裝判斷，大概是僧侶。

待在那裡，可能會在聲音的海洋中溺斃，直接沉入海底消失不見的少女。

©lack

你隔著草笠注視她。

在一群粗野的冒險者中顯得格格不入——不過，沒錯，她是冒險者。

你下意識將掛在腰間的彎刀深深插進刀鞘，確認它的狀態。

冒險者。

你為了成為冒險者，來到這座城塞都市。

你成為了冒險者。

扛著粗糙鐵斧，身材魁梧的礦人戰士（DwarfFighter）。

身穿閃閃發亮的鎧甲，甚至帶著隨從的不知名騎士（Lord）。

打開卷軸，專注於默背咒文的，應該是森人（Elf）魔法師。

還看得見圃人（Rare）斥候在搶桌上的料理。

而那張桌子，堆滿你從未見過的財寶。

——唉呀，這就是城塞都市嗎？

「嘿，一直看來看去，會被人當成土包子喔？」

像在責備人的聲音，從你的肩膀下方傳來。

「別因為好不容易如願以償當上冒險者，就興奮過頭。」

是你的堂姊。她將魔法師的短杖緊緊握在豐滿的胸部前。

她語帶責備，自己卻在左顧右盼，觀察周圍。

帶著女人修行成何體統。你是這麼想的，然而……

「真是，你沒有姊姊我跟著就不行呢。」

她如是說道。明明你們同為從鄉下來到這座城塞都市的人，年紀也差不多。

你嘆了口氣，緩緩搖頭。能夠依靠的是另一位同行者。

那位同伴——半森人斥候像圃人似的，喉間發出「嘰嘻嘻」的竊笑聲。

你輕輕用手肘撞了下裝備皮甲的肩膀，回應你的是帶口音的聲音。

「唉喲，老大，急什麼咧。坐下來喝杯麥酒，才是最重要的。」

「噢，大白天就喝酒？」

「嘿嘿嘿，大姊，這也是冒險者的作風啦。」

看到堂姊被他騙得團團轉，你無奈地嘆氣。他真的不是圃人嗎？

「嗯——森人和圃人是兄弟。咱是半森人，算是堂弟吧。」

「哎呀，那我跟你一樣呢！」

不僅不一樣，正確地說，她是你的**再從姊**才對。你嘆了口氣。

然而，半森人斥候說得沒錯。你渴了。因為你在炎熱的天氣下於戶外走動。

你開始眷戀麥酒的滋味。你點頭同意，找到一張大小適中的圓桌，拿桶子當椅子坐下。

然後向敏銳地發現你們入座，飛奔而來的女侍點了三杯麥酒。

「啊，如果有摻果汁的水，我喝那個就好……」

更正，是兩杯麥酒和一杯果汁水。你看著堂姊告訴女侍。

女侍對你的點餐回以微笑，跑進廚房。裙子底下露出一條狗尾。

「是獸人(Padfoot)啊。」半森人斥候說：「也是啦——這裡薪水不錯。」

他們擁有強烈的野獸特徵，想在文明社會賺錢，經常受到阻礙。

光是剛才看了一眼，就能明顯看出這家酒館——這座城塞都市底下有大量的金錢。

地下迷宮——死亡迷宮。

那裡有無限的錢財、寶物，以及源源不絕的怪物，看來此話不假。

國王的敕令和謠言似乎是真的。你點頭，調整腰間的刀的位置。

過沒多久，女侍端來三個木桶杯放在圓桌上。你大口灌酒。美味。

「是說，」堂姊心情很好，笑咪咪地開口。「那孩子在做什麼呀？」

——真是的。

她用修長的手指指向你剛才在看的那名少女。

半森人斥候「啥？」挑起一邊的眉毛，接著立刻點頭。

「喔，那是鑑定師。」

「鑑定？」

「在迷宮裡發現的東西總不會寫名字唄，所以要找人調查。」

否則會被商人當肥羊宰。語畢，半森人斥候伸出舌頭小口舔拭麥酒。

不過，在武器店不也能鑑定嗎？你開口詢問，他說「因為這樣比較省錢」。

「大部分的情況下，一般的術士獨自進入迷宮，用不著出什麼差錯都會送命。」

「那不是最壞的結果嗎……」

「大姊，總會有更壞的情況。」

淪為屍人或怪物的餌食。或者迎來讓怪物根本不敢吃的悽慘下場。

半森人斥候沒有明言，你用力點頭。

不過，既然她有能力鑑定……

「是能看穿事物真偽的至高神僕從，而且還是主教(Bishop)吧。」

說到主教，得擁有與其相應的才能方能報上這個名號，在神官裡面也屬於高階的職位。

當然也會有人頂著這個頭銜招搖撞騙，但那名少女看起來並不像。

既然如此，應該很多人會想邀她入夥——

「那自己去找夥伴不就行了……」

你說「搞不好是在等人」，堂姊卻沒聽進去。你再度嘆氣。

看到這個堂姊，你實在不想承認，然而……術士擁有珍貴的才能。

雖說你也懂得幾個奇策，戰士職和施法者截然不同。

那名少女是挑人的那一方——照理說。

「是啊。」半森人斥候點頭。「千萬不能找信不過的冒險者。」

說得對。

用冒險者稱呼他們是很好聽，其實大部分是沒飯吃的暴徒或流浪漢。

尤其現在因為有迷宮的問題要處理，聽說團隊的審查基準也放寬了不少。

畢竟即使是窮得有一餐沒一餐的人，進迷宮一趟就可以不用怕餓肚子。如眼前的景象所示。

現在的冒險者只要有力氣，總會有辦法生存。

你自認跟那些流氓不一樣，但從客觀角度來看，你們是同類。

必須憑實力獲取他人的認同——

「不管怎樣，咱雖然是斥候，也不是不能當前衛。老大是戰士，大姊是術士……」

半森人斥候珍惜地喝著所剩無幾的杯中物，將成員一個個列舉出來。

「一個團隊差不多四到六人，希望再來兩個術士吧。」

「哎呀，你挺瞭解的嘛！」堂姊興奮得兩眼發光。

「你該不會曾經進過迷宮……!?」

「沒、沒有啦，只是聽來的……哈、哈哈。」

斥候乾笑著移開目光。

你發自內心尊敬堂姊的這部分。

「對了。」堂姊雙手一拍。「那要不要邀請那孩子加入？」

你努力試著發自內心尊敬**再從姊**的這部分。

那麼，該怎麼做呢？就在你開始思考時。

「嘿，鑑定的！」

「昨天叫妳鑑定的東西好了嗎——！」

吵鬧的聲音忽然貫穿酒館的喧囂聲，響徹四周。

「？」

堂姊驚訝地往那邊看。你也跟著看過去，明白了現在的狀況。

兩位一眼就看得出品行不良——裝備也不好——的冒險者，圍在剛才那名少女身邊。

是戰士嗎？或是斥候？他們的裝備差到無法分辨。

「是的，昨天的份已經鑑定完畢。」

少女抖了下身子，轉頭尋找聲音的主人，以僵硬的語氣回答。

她從旁邊的雜物袋中取出跟兩位男性的裝備差不多寒酸的武器，放在圓桌上。

「鈍掉的劍、生鏽的鍊甲、爛掉的皮甲？」

其中一名冒險者激動得瞪大眼睛。

「喂鑑定的，妳是不是在騙人啊！」

「怎麼會！絕無此事……！」

男子像要抓住她的領口般逼近少女，少女拚命否認，令人心生憐憫。

明明在某些地方，懷疑至高神主教的正當性是會因不敬而遭到制裁的行為。

「那就好。要是妳敢唬我們，知道會有什麼下場吧？」

「妳會好好幫我們鑑定吧，嗯？」

「……好的，我明白了。」

臉蛋小巧的少女，默默對著冒險者扔在桌上的財物開始工作。

這副模樣既美麗，又散發出幾分莊嚴的氛圍——動作卻稍顯笨拙。

而這似乎又惹到了兩名男子，他們毫不掩飾地嘖了兩、三聲。

每次少女都會嚇得繃緊身子，努力將手伸向武器，用指尖觸摸。

「……那些人真粗暴。」

堂姊用手掩住嘴角嘀咕道。

酒館的喧囂聲也只平息了一瞬間。很快就變得吵鬧起來，逐漸蓋過少女的聲音。

八成是稀鬆平常的景象。

你思考了一會兒，叫住晃著長兔耳走過來的女侍，往她手裡塞小費。

半森人斥候「噢」挑起一邊的眉毛看著你。你向女侍打聽那名少女的情報。

「噢，那孩子……」

兔人女侍將小費收進豐滿的胸前，觀察周圍壓低音量。

「她很可憐。聽說她在第一次的冒險出了點小差錯。」

所以才來到這座城塞都市，結果那次的失敗似乎傳開來了。

半森人斥候喃喃說道「不稀奇」。堂姊則一副無法接受的樣子，嘟起嘴巴。

「失敗的話，重來一遍不就得了。」

「因為很多冒險者會覺得這樣容易觸霉頭。運氣真的就是本錢。」

「所以她才會被同伴拋下，在這邊幫人鑑定……」

「一個人也沒辦法去冒險，但總得賺錢養活自己。日子不好過啊。」

討生活不簡單。你點頭附和，視線再度移向少女。

酒館內的噪音雖然會蓋過談話聲，不至於聽不見她說話。

「……不好意思，我不清楚。」

「給我鑑定出一個結果啊。沒用的傢伙……」

「是……對不起。」

「就是因為這樣妳才會出錯吧？」

「對對對。剿滅哥布林對吧？用不得啊……」

「在各種意義上用不得。」

冒險者們發出好色又下流的笑聲，嘲笑少女。她像隻小老鼠般縮起身子。

你碎碎念道「那些傢伙態度真差」，女侍微微歪頭。

「奇怪，那些人性格雖然粗暴，平常脾氣不會那麼差呀。」

「欸。」默默在一旁聽著的堂姊，拉扯你的袖子。

「要不要……邀那孩子加入？」

你發自內心尊敬堂姊的這部分。

「喔，老大。你要去喔？」

你對半森人斥候點頭，慢慢從座位上起身。

然後將堂姊託付給他照顧，他笑容滿面地回答「加油啊，老大」，送你離開。

你在酒館內行走，周圍的冒險者紛紛瞥向你。

你從女侍旁邊經過，閃開故意伸出來想絆倒你的腳，動作始終俐落。

最先發現你走過來的，是理應專注在鑑定上的少女。

「那、那個，我在幫其他人鑑定，可以請你稍待片刻嗎……？」

從抿成一直線的嘴脣流瀉而出的聲音，若不是因為沙啞的關係，可謂如銀鈴般清澈悅耳。

近距離一看，她的身材明顯偏嬌小，雙手無助地在平坦的胸前交握。

你下意識睜大眼睛。

少女小巧玲瓏的臉蛋上，雙眼呈現濁白色，醜陋的傷痕覆蓋在周圍。

難怪她動作笨拙，她的視力大概非常差。

你努力放慢速度搖頭，表示你不是來委託她鑑定的，面向冒險者。

「啥？你想怎樣!?」

「給我滾一邊去！想被丟進寺院嗎!?」

你告訴他們不該這樣對待女性，得到的回應全是怒罵。

他們似乎是外國人，語言不通。你微微一笑。

「這兩個人怎麼這麼沒禮貌！不用顧慮，給他們好看!!」

哎，先不管那個莫名其妙開始搧風點火的堂姊。

你迅速向前屈身，用力往彎刀的刀柄一推，拿刀鞘的尾部撞向後方。

「嗚噁!?」

胸口被這麼一撞，冒險者發出含糊不清的慘叫聲。

推測是趁你注意力轉移到堂姊身上時，繞到你背後的。動作還算俐落。你在內心稱讚。

「混帳東西……!!」

另一個人反應也很快。你立刻起身，握著刀鞘的左手甩向前方。

「嗚!?」

刀柄擊中胸口。然而，對方也不是簡單人物，沒有弱不禁風到這樣就會昏倒。

兩人應該將你視為敵人了。

他們瞪大充血的雙眼，躍向後方，手放在腰間的劍上進入備戰狀態，重整態勢。

你也背對著錯愕的少女，鞋底在地上畫了個半圓，側過身子。

「這傢伙，是戰士嗎……！」

「不，等一下！鎧甲沒有傷痕。是新手！這樣的話……！」

——辦得到嗎？

汗水滑落臉頰。你把重心放低，力氣集中在握著刀柄的手上。

既然要拔刀，就該做到一擊必殺。殺不了敵人只會害你臉上無光。

用不著擔心堂姊。即使你們大打出手，半森人斥候也會想辦法。

自己會死，以及會給少女添麻煩。這兩個重擔壓在你的肩膀上。

事到如今你才有所自覺，自己在意想不到的狀況下扛起重大的責任。

進過迷宮的戰士，而且還有兩位，不曉得要拿出幾分實力。

對方穿著鎧甲。你不認為砍斷手腳就能抑制他們的行動。

你對自己有信心。第一刀先砍斷頭部（Critical），收刀時再順手殺掉另一個。

辦不到的話，頂多只會被他們壓制在地上，剁成碎肉。

你深深吸氣，吐出一口短促的氣。穿著皮襪和草鞋的雙腳在地面拖行，尋找適當的位置。

左手牢牢握住刀鞘，右手緊握刀柄。不能因為汗水而手滑。

要拔刀嗎？要拔刀了嗎？要拔刀了。要拔刀了。拔刀。拔刀。砍下去。就是現在……！

「吵死了，你們幾個!!」

這聲怒吼彷彿會引起耳鳴，你重新意識到周圍的景色及喧囂聲。

充斥酒館的一觸即發的氣氛煙消雲散，取而代之的是吱吱喳喳的交頭接耳聲。

你轉過頭，坐在最裡面的團隊中，聲音的主人站了起來。

「……哼。」

是一名讓人聯想到年輕雄獅、面貌精悍的美男子。動作優雅，散發出一股貴族風範。

五官工整，身材卻頗為纖細，乍看之下和屬於挑戰迷宮的冒險者的酒館並不相襯。

然而——看看那名男子身上閃亮的鎧甲就知道了。

被酒館的微光照亮的，無疑是金剛石製成的鎧甲。

值得驚訝的是，他很習慣這身裝備。

和你的銅製鎧甲不同，耀眼卻看得出使用痕跡的裝備，顛覆了外表給人的印象。

就你看來，他肯定是身經百戰的優秀騎士。

「不、不是的，閣下(Lord)。」刁難少女的其中一名冒險者，以顫抖的聲音說道。

「我們只是要教多管閒事的新人做人的道理……」

「對、對啊。沒有要給你添麻煩的意思……」

金剛石騎士並沒有馬上回答。

他看了你一眼，然後依序望向放在桌上的裝備，以及嚇得面色僵硬的少女。

最後，他的視線終於落在兩位男子身上，緩慢且冷靜地開口。

「我看你們的東西好像已經鑑定完了。」

他的語氣並非詢問，而是像在確認事實。兩位男子點頭。

「那就不用糾纏她了。看你們是要安靜喝酒，還是盡速離去。」

兩位冒險者仍想說些什麼，卻被騎士的魄力震懾住，說不出話。

經過片刻的沉默，他們毫不掩飾地嘖了一聲，將桌上的財物扔進布袋。

「很好。」

金剛石騎士的這句話，儼然是認可家臣行為的國王。

兩名男子粗魯地大步走出酒館，少女用看不清的雙眼茫然望向那邊。

看來你被人幫了一把。你跟他道謝，騎士緩緩搖頭。

「見義勇為是很好，但此舉並不明智。探索過迷宮的人和沒探索過的人，力量差距太大了。」

他說得沒錯，你也不得不承認。

儘管你並未拔刀，從結果來看，你等於被對方逼到不得不拔刀的地步。

那兩個男人有兩把刷子。你不認為自己拔刀後，有辦法平安度過危機。

這無疑是你的不成熟招致的事態。

你親身體會到知行合一的境界——隨心所欲地行動有多麼遙不可及。

騎士卻溫柔地笑著叫你別介意，承認你高尚的行為。

「但千萬別大意。他們昨天還是六人團隊。」

你對金剛石騎士的這句話表示疑惑，他若無其事地接著說：

「今晚只剩兩人。失去了另外四人的靈魂。」

——被迷宮的「死」吞噬了。

有人在竊笑。笑聲像泡沫似的，從於酒館內打轉的聲音之海裡冒出，消失不見。

你懂了。他們是打算回到故鄉吧。

所以才會怕成那樣，跑去威嚇人。因為他們不想承認自己遭到挫折。

「你也要小心。」

騎士拍了下你的肩膀，忽然睜大眼睛，臉上浮現柔和的微笑。

「這把彎刀（Sabel）不錯。」

他那些坐在對面圓桌的同伴，正在調侃他的行為。

金剛石騎士回了幾句話，緩緩轉身走回原本的座位。

這時你才終於吁出一口氣，放鬆握著刀柄的手。

——真是的，怎麼會這樣！

你滿手是汗，心臟因緊張及興奮劇烈跳動。

還沒進迷宮，就已經是這個樣子。

「哎呀，咱本來還想幫你一把，可惜動作太慢了。」

忽然有人從身後跟你搭話，你吐出一口長氣。

看來你連不知何時走過來的半森人斥候和堂姊都沒發現。

「真是位帥氣的騎士。有那樣的人在，很令人心安呢。」

「哎——有種好處全被人家撿走的感覺就是了。」

所以呢？半森人斥候問道，你點頭。

「啊，那個……呃……」

——先跟這位愣在原地的少女，重新打個招呼吧。

★

你是冒險者。

聽說了惡名昭彰的「死亡迷宮」的傳聞，以迷宮最深處為目標，來到城塞都市。

你坐下來說明的來歷只有這麼一句話，你對於簡單將事情說明清楚很有自信。

聽見你簡要的說明，堂姊露出燦爛的笑容，向對面的少女輕聲說道。

「妳看。這孩子這麼靠不住，我不放心讓他獨自行動，就跟過來了。」

再從姊說的這些不重要。你輕輕搖頭。

你承認她對法術頗有研究，但哪有人會穿尖頭鞋來冒險。

你無視鼓起臉頰抱怨「這雙鞋明明很可愛」的**再從姊**，將話題的矛頭轉向斥候。

「喔。咱立志總有一天要將這種迷宮的祕密通通揭開，名震四方世界。」

半森人斥候說出比起森人，反而更像凡人（Hume）的動機，驕傲地拍了下胸膛。

「老大想要攻略迷宮的志向感動了咱，咱就決定跟著他咧。」

「你被魔法師惡作劇，中了吸引蟲子的法術被困在樹上的模樣，真的很狼狽。」

「唉唷……」

然而堂姊笑著這麼一說，那些好聽的理由也變得徒具其形。

斥候沮喪地乾笑，少女見狀，緊繃的表情也放鬆了些。

「我……」從口中傳出的是微弱的聲音。「……我本來也有那個打算。」

「哪個打算？」

「想處理迷宮……處理這個東西。」

和平遭到破壞乃歷史常理，自神代以來從未動搖過的四方世界法則。

在暗處活躍的魔神之影、蔓延的疾病。世間動盪，人心荒廢。

以及——沒錯，「死」才是最大的問題。

死於疾病之人起身襲擊生者。

遇襲的生者也淪為亡者，以人為糧，增加亡者的數量……災禍持續擴散。

若是不死者（Undead），只要出動所有的僧侶、神官，或許防得住。

可是——鎮魂的祈禱沒有意義。

事情沒有那麼簡單。那不是因徬徨的魂魄而從地府爬出的人。

混沌的漩渦不斷擴大。秩序勢力遲早會盡數遭到吞噬，回歸黑暗。

找出「死」之源頭，予以根絕——國王的布告不曉得該說來得太晚，還是趕上了。

過沒多久，某位冒險者終於發現「死亡迷宮」。

有人說——迷宮裡有源源不絕的怪物。

有人說——迷宮裡有跟怪物一樣無限的財寶。

有人說——迷宮最深處有魔神之王。

國王派出的第一批軍隊被迷宮吞沒，有去無回。

軍隊本來就沒義務攻略充滿駭人的死亡與陷阱的地下迷宮。

他們的任務是防範越過山脈進攻的北方蠻族、南方蠻族，以及虎視眈眈，伺機發動侵略的鄰國。

或是迎擊混沌大軍——也就是說，迷宮乃冒險者的領域。

於是形成了城塞都市。

封住迷宮入口，做為有意潛入其中的冒險者的據點。

冒險者們為了一攫千金和出人頭地，以魔神王的腦袋為目標，挑戰迷宮——

「只要殺怪物，一天就能賺到在鄉村從來沒看過的錢。」

「就算不論這一點，在迷宮裡何時會送命都不知道。」

「既然如此，與其去討伐魔神王，不如繼續殺怪物賺錢。」

——「死亡迷宮」至今依然沒有被人攻略的跡象。

你下達結論，少女點頭小聲回答「是的」。

「……比起待在神殿……我想多少為這個世界做點事。」

少女便來到城塞都市，召集同伴，想挑戰迷宮。

很偉大的志向。你坦率地稱讚她。這不是那麼簡單就能做到的事。

事實上，你自己對於拯救世界一事並不在意，所以沒資格說別人。

再說，想怎麼活怎麼死，是當事人要決定的。你不該插嘴。

儘管如此，她還是能為他人著想，並採取行動，這是相當高尚的行為。

然而……你感到疑惑。何必當鑑定師，進迷宮探險不就得了？

你問，少女繃緊身子，倒抽一口氣。

她先說了句「不好意思」，拿起水瓶往杯子裡倒水——還不小心地把水灑出來——送入口中。

「我、我……」

接著，她調整了好幾次呼吸，終於說出斷斷續續的話語。

「……我來到城塞都市前，待在神殿裡不肯出去前，也在外面冒險過……」

你正想問「怎麼了嗎」，側腹忽然傳來劇痛。

你的堂姊面帶柔和笑容，用手肘撞你的側腹。

「在那次冒險中，」堂姊無視你，對講話吞吞吐吐的她伸出援手，主動提問：「被同伴？」

是的。少女低頭肯定，單薄的肩膀顫抖著。

「……他們說我連哥布林都解決不掉，進迷宮太危險。」

我就被拋下了——她帶著虛無縹緲的笑容說。

哥布林。

用不著說明，那是在這個四方世界最為弱小，不足為道的怪物。

襲擊村落。

——沒什麼大不了。

至少威脅性大於小鬼的怪物，在「死亡迷宮」裡面多得數不清。

想拿起武器踏上旅程時，不該讓那東西構成你的阻礙。

雖然——你自己也不知道贏不贏得了剛才那兩名冒險者。

「……我在，第一次的冒險中…………失敗、了。於是就，跑去投靠神殿……」

你一句話都還沒說，堂姊就用手肘輕戳你的側腹。

你用視線跟她抱怨「會痛」，**再從姊**卻完全沒聽進去。

你清了下喉嚨，再度開口。

被人當成鑑定師，原地踏步，有必要跟其他人說明原因嗎？

儘管這樣講太過直接，照理說，她沒道理留在城塞都市受折磨。

「那是因為，那個……」

你詢問原因，她像在害羞似的，瞬間支吾其詞……

「……我想為世界帶來和平。」

擠出一句簡短的話語。

「就算我沒辦法冒險，只要去幫助攻略迷宮的人……」

──就能為拯救世界做出一些貢獻，的意思嗎？

回答完，她便低頭陷入沉默。不時發出細微的嗚咽聲，雙肩顫抖。

對於少女那個行為，你一語不發，瞄了同伴一眼。

「咦，啊，這、這個嘛。姊姊我……覺得沒問題。」

堂姊提心吊膽地望向半森人斥候。他甩手回答：

「無所謂。不如說，咱有意見的話反而會被念吧。就這麼定了唄？」

你向兩人點頭，告訴她你們在找主教。

「咦……？」

聽見你這麼說，她驚訝地抬起頭。

聽說能蒙神賜予鑑定權能的，只有主教級的聖職者。

而到了那個等級，多少也會懂一些魔法，所以團隊中有一位主教，相當令人心安。

「那、那個，各位可以不用顧慮我的感受。我習慣被笑了……」

少女以彷彿在討好人的態度，露出無力的笑容，用黯淡無光的雙眼茫然回望你。

「那個，如果各位是要找我鑑定……用不著做這種事，我也會答應喔？」

……光看她的反應，就能得知少女至今以來遭受的待遇。

你搖頭回道「我不是那個意思」，再度表示你的團隊在招募主教。

「……我也很想幫忙，但我的客人都不是主教……」

不不不。你又搖了一次頭。眼前不就有一名主教嗎？

少女聞言，驚訝地瞪大眼睛凝視你。

她的五官果然精緻得如同雕像。只要沒有眼睛周圍的傷痕——不，就算有那些傷痕，也不影響她的美貌。

「可、可是，我從來沒進過迷宮……而且，我曾經被哥布林……！」

「什麼話，那種地方咱也還沒踏進過。」

半森人斥候笑著對害怕、困惑的少女說。

「老大也是，大姊也是。大家都是新手啦。」

「對呀。」

堂姊聽了，露出優雅的微笑慢慢回答。

「我也還是經驗不足的魔法師，我弟也是。」是堂弟。「他就只有那張嘴巴特別厲害……」

唉。**再從姊**以刻意的動作，自然地吐出憂鬱的嘆息。

「有位聖職者可以好好念他幾句，姊姊也會比較放心。」

……好吧，雖然不是**再從姊**說的那樣，確實需要一位補師。

你只是瞪了**再從姊**一眼，清了下嗓子，重新開口。

可以的話，能不能加入我們？

「——……！」

少女因你的提議愣了一瞬間，不久後，雙唇抿成一直線，摸索著伸出纖細的手。

你伸出粗糙的手回應，她用纖細的手指輕輕牽起你的手。

握住你的手指軟弱無力，還在瑟瑟發抖，不過……

「……若各位不嫌棄，我很樂意。」

你用力回握她的手，答覆第一次誠心露出笑容的她。

★

「要不要去寺院看看？」

半森人斥候看準女主教平靜下來的時機，開口建議。

「搞不好可以找到落單的。」

他說「這是所謂的神的旨意」。你也想不到其他方針。

你點頭同意，各自付完酒錢，離開酒館。

「從今以後，大家是同一個團隊，所以這些就是大家的錢了。」

穿著高跟鞋（！）小步行走的堂姊，有時會說出頗深奧的話，你感到困擾。

確實，武器、裝備、道具等等，應該會是關乎全員生存率的共同物資。

為了今後著想，得把錢整理在一起，先幫堂姊換雙鞋子。

「這雙鞋那麼可愛，有什麼關係？迷宮裡不也是石頭地板嗎？」

嘖，可惡的**再從姊**。她說的話無法辨別真偽，這樣要你怎麼反駁？

你深深體會到自己不瞭解這座城市，也對迷宮一無所知。

不過，才剛來到這邊而已。用不著那麼悲觀吧。

「……我只去過一次寺院。」

在你思考之時，聽見女主教用微弱的聲音緩慢地說。

「但我記得那裡有很多冒險者，說不定……找得到同伴。」

看她拿著將天秤與劍組合在一起的杖，可以判斷她侍奉的神明是至高神。

那麼，這座城塞都市祭祀的是哪位神明呢……

「是交易神。」

女主教輕聲告訴你。

語氣有些雀躍，大概是在高興自己也有能做到的事。

「……是掌管風與經商與旅行的神明……嗯。」

不過，當事人似乎也有所自覺，為此感到害羞，接下來那句話音量變得更加微弱。

「喔，那應該能保佑咱們。旅行和經商，跟邂逅和金錢相關嘛。」

斥候立刻接著她的話回道，你使了個眼色，確認路線。

不論宗派，每座城堡或要塞一定會有一間神殿、寺院，規模小一點的話則是禮拜堂。

似乎是因為戰鬥時需要有個地方給人祈禱。雖然你不太明白。

但從現實角度——不是情感上的問題——來看，你也能理解需要補師。

幸運的是，你遇見了女主教——靜靜跟在隊伍最後方的少女。

然而，施法者（Spellslinger）原本就很稀有。如字面上的意思，一個人的才能會反映在咒文上。

「話說回來，這裡有好多家店喔。我還以為這座城市全是冒險者！」

雖然從這位面帶笑容，好奇地環視周圍的**再從姊**身上看不太出來……

儘管不太想承認，**再從姊**說得沒錯。

於城塞都市的大街上往來的行人，大多是攜帶武器的冒險者，但除此之外的人也很多。

推測是以冒險者——以冒險者從迷宮帶回來的財寶為目標，聚集至此地的人。

這座城塞都市的道路錯綜複雜。剛開始光是要直線前進，就得費一番工夫。

走個五分鐘就能親身體會到，街道本身儼然是座迷宮。

難怪交易神的寺院會蓋在這裡。財寶在「死亡迷宮」的深處沉睡著。

往街上一看，酒館、旅館、武器店自不用說，不時還看得見幾家時髦的服裝店、餐廳和賭場。

原來如此，的確。沒地方用的話，寶石也只是一般的石頭，金幣只是個圓盤。

「嘿，一直看旁邊很丟臉耶？」

你不經意地望向感覺可以找女人玩樂的店家，堂姊立刻從旁用手肘撞你側腹。

她手上拿著你沒印象的髮夾上的布。

——什麼時候拿來的？你語帶責備，**再從姊**挺起豐滿的胸部回答「剛剛」。

「真是，就算你是男生，未免太不貼心了。妳過來。」

「咦，啊……」被叫過去的女主教，困惑地微微歪頭。「我嗎……？」

「嗯，轉過去一下。」

再從姊叫女主教轉過身，拿起那塊布。

本以為是要幫她綁頭髮，那塊布卻蓋在女主教看不見的雙眼上。

「呵呵，如何？我覺得我選的這塊布觸感還不錯。」

打完結之後，堂姊牽起女主教的手讓她轉回來。

美麗的布遮住了那雙看不見的眼睛，以及慘烈的疤痕。

「果然，很難看……嗎？」

她的聲音因恐懼而顫抖，堂姊一副發自內心感到疑惑的模樣，搖搖頭。

「不是啦，因為這樣比較有神祕感，也比較漂亮呀！」

對不對？堂姊笑著徵詢你的意見。

不知所措的女主教忽然面容扭曲。堂姊急忙撫摸她的背。

「啊，妳、妳不喜歡嗎？不喜歡黑色的話，那個，白色或藍色……還是粉紅色!?」

女主教頻頻搖頭，金髮在空中蕩出波浪。

半森人斥候笑咪咪的。你吐出一口氣，揚起嘴角。

你發自內心尊敬堂姊的這部分，不過……

這個**再從姊**真是的。你望向大街，以掩飾笑容。

就在這時。

一陣風忽然吹過街道，將混濁的空氣帶往天空。

你被風吹得瞇起眼睛，跟著仰望天空，看見了那東西。

林立於前方的建築物，屋頂後面有座尖塔。

只要有風吹過，肯定每個人都會抬頭望向那座塔。

塔頂的風車隨著氣流喀啦喀啦地旋轉，將風送往地面。

原來如此，的確。你再次點頭。

——這座城市需要交易神的寺院。

★

「真是小氣的叛教徒，給我出去。」

一打開門，迎接你們的是顛覆了修女給人的印象——身材纖細、胸部平坦、弱不禁風——的話語。

「可惡！什麼叛教徒啊，這群貪心的尼姑……！」

大概是修女拒絕幫他處理在迷宮中的詛咒、傷口，或是拒絕祈禱「蘇生」的神蹟。

穿鎧甲的冒險者扶著同伴，急忙離開禮拜堂，與你們擦身而過。

光線從天窗照進，莊嚴地照亮石造禮拜堂的祭壇各個角落。

實在不是適合談論金錢的地方。

「……該怎麼說呢。」

因此，你可以理解堂姊下意識板起臉的心情。

……算了，你不是來拜託他們治傷的。

無論是貧是富，都不必擔心。

——不過，城塞都市果然是冒險者的城市！

你望向一旁，到處都是攜帶武器的人在祈禱。

應該是在為自己立下戰功或順利歸來一事感謝，或是向神祈禱正在治傷的同伴能平安無事。

因為這間寺院聚集了不只治療，甚至會使用「蘇生」神蹟的高階聖職者。

「蘇生」——想讓受到致命傷的傷患復活，需要高階聖職者穩定心神，獻上祈禱。

© lack

再說一遍，施法者本就稀有。更遑論高階施法者。

而同樣的儀式，在迷宮執行會失敗，只要改到寺院焚香，就會得到截然不同的成果。

聽說很多人會籌備鉅款，委託這間寺院——

「噢，請各位不要誤會。」

修女似乎發現了有其他人造訪寺院。

她低頭歡迎你們，美麗的容顏漾起燦爛笑容。

接著甩了下手中的免罪符，扭動纖細腰肢。

這樣一看能清楚看出，她的身體描繪出如同雕像的工整線條。

「無論來者是誰，我們都會溫暖地迎接，除了祈求神蹟卻不肯布施，搞不清楚狀況的人。」

不過信仰不足的話，神蹟也不會發生就是了。

她小聲補充一句，半森人斥候露出「哇塞」的表情。

眼尖的修女看見，依然帶著和藹的笑容微微歪頭。

「嗯？請問怎麼了嗎？」

「啊，沒有，咱們是新來的，想說為了保險起見，先來打個招呼……」

「這樣呀，非常值得讚許！」

「快死的時候就麻煩各位哩……」

緊逼而來的修女令斥候面色僵硬，被她的氣勢壓住。

這裡可是與「死」戰鬥的最前線，前來參拜的人並非虔誠的信徒。

而是以神蹟為目的，來歷不明，無異於流浪漢的冒險者。

出於善良無償提供服務，八成只會遭到剝削，被人濫用。

神明慈悲為懷又一視同仁。

要等他們真心悔過後，才會原諒那些利用信徒溫柔心意的人。

——難怪，在這個斷崖之地侍奉神明的人，不可能不拿出幹勁。

「那、那個，雖然只有一點……」

女主教靜靜伸出纖細的手，應該不是看不下去兩人的互動。

修女接過她手中的零錢，仔細清點數量後，收進捐款用的布袋。

——果然該準備團隊共用的錢包嗎？

「好的，十分感謝。哎呀，妳是……」

態度變溫柔的修女忽然盯著女主教的臉看，眨眨眼。

本以為她要針對連神明都治不好的傷說些什麼……

「……是嗎？妳找到同伴了。」

這應該也是神的旨意。語畢，修女以美麗的動作在胸前畫了個聖印。

原來如此。看來她確實是聖職者。

在你腦中浮現失禮的想法時，堂姊咕噥了句「沒禮貌」。

你無視她，對斥候使眼色。寺院裡有他說的「落單的」吧？

「對了。」斥候說：「那個，修女小姐。方便讓咱們在這邊找同伴嗎？」

「可以呀。」修女笑著回答：「因為我們的神也掌管邂逅與離別。那麼我先告辭了。」

修女優雅地一鞠躬，走向寺院深處。

你問他這是什麼意思，斥候先「咱也是聽來的」講了句開場白才回答。

「咱聽說有個叫『保存（Preservation）』的神蹟。」

——這間寺院，好像不會放著傷患讓他們死去。

當然很多人因為不祈禱的關係而送命，不過只要願意布施，他們從來不會吝於祈禱。

也不會殘忍到因為沒捐錢就對瀕死之人置之不理。

因此，他們用神蹟讓還勉強留有一口氣，卻無法布施的的傷患沉睡。

等待夥伴拿錢來的那一天。

「但好像不是沒有期限。他們說『蘇生』和『保存』需要信仰。」

半森人斥候用手指做出金幣的形狀，無奈地聳肩。

「所以很多人為了**提升信仰**，進入迷宮。」

原來如此。說明得如此清楚，你也能明白。

受到足以讓團隊半毀的重創，不可能還留有能挑戰迷宮的戰力。

他的意思是要找出那樣的冒險者邀他們加入，就算只是暫時的也無妨。

「哎——也有很多人直接被扔在這裡……不問也知道。」

斥候對修女走向的迴廊前方，投以恐懼的視線。

倖存者在進迷宮賺錢的途中再度全滅，或是找到其他同伴，或是離開這座城市……

——等不到夥伴前來的「那一天」的冒險者。

那些被遺忘的冒險者，不曉得在這間寺院沉睡了多久。

搞不好你未來也會是其中之一。

「也是可以隨便請人治療一下，把治療費算在那傢伙頭上啦。」

斥候隨口開了個玩笑，彷彿要對你的心情一笑置之。

「說起來，咱們又沒錢！」

「……我不太希望發生那種情況。」

或許是把自己的境遇跟那些人重疊了。女主教繃著臉點頭，你也跟著附和。

那是最後關頭才會用到的手段吧。重點是，要有錢才能做這個選擇。

在你談論這些的時候——忽然聽見重物在地上拖行的聲音。

嘶，嘶，嘶，嘶，嘶。有五個。

帶有紅褐色汙漬的麻袋。用繩子綁在一起的麻袋，每個都大約可以裝進一個人。

「……什麼東西呀？」

堂姊面露疑惑。你低聲說道「是屍袋」。該注意的是負責拖它的冒險者。

「嗨，神官大人。可以請妳幫忙埋五個人嗎？」

令人心蕩神馳的聲音，就是指這種聲音吧。

映入眼簾的是豐滿的胸部勾勒出優雅曲線，用黑衣及鎧甲包覆美麗身軀的美女。

她手握長槍，全身纏著滲血的繃帶，推測是從迷宮回來的戰士。

「埋葬啊……」出來接待她的神官以公事公辦的語氣詢問：「聯絡過家屬了嗎？」

「不必吧。好像沒有其他人認識他們，我也不知道要找誰。」

女戰士回答的口吻也很平靜，無情得可以用慈悲為懷來形容。

「那麼我來辦理埋葬手續。」她無視一鞠躬的神官，放下背在肩上的行囊。

比屍袋輕，但依然很重的袋子撞上寺院的石地板，發出喀啷喀啷的聲音。

直覺告訴你，是武器。八成是那些死者的裝備。

用不著多說，明顯是同伴全滅的冒險者。

她用疲憊不堪的動作撫摸臉頰，吐出一口氣，慵懶地把頭髮撥到肩上。

「啊……」這時，女主教發出微弱的聲音。

她豎耳傾聽，黯淡無光的雙眼直對著女戰士。

你因為剛才發生那種事，謹慎地把手放在彎刀的刀柄上，問她「熟面孔嗎」。

「是的。」女主教點頭。「呃，她是冒險者，那個……」

講到一半，她露出十分尷尬的表情說道「這句話好像是多餘的」。

大概是不習慣講話。你搖頭叫她別在意，催促她繼續說。

「在酒館的時候，她偶爾會找我說話……大概。」

以她的情況來說，稱不上「熟面孔」。你點頭說道「是嗎」……

「哎呀，自我介紹這點小事，我自己來就行。」

聲音突然從身旁傳來，你迅速退後一步，計算距離。

失策。

美女面帶溫柔的笑容，站在離你只有一步一刀的距離。

從頭髮飄出的香甜氣味，混雜著血與灰塵的味道。

她俐落地滑進你的攻擊範圍內。

她的年紀跟你差不多，你自認處在警戒狀態，卻看不清她最初的動作。

——這就是迷宮經驗者的力量嗎？

她不曉得知不知道你在內心讚嘆，雙手於豐滿的胸部前合掌。

「呵呵，妳終於找到夥伴啦。太好了，我還有點擔心呢。」

「啊，是的。」女主教身體抖了一下，點頭。「不久前的事……」

「初次見面，頭目。」

女戰士緩緩對你瞇起眼睛，說出一個數字。

「我是剛剛才變成自由身的自由戰士……」

面對露出豔麗笑容的她，你動作僵硬地點頭，向她自我介紹。

你告訴她你剛到城塞都市不久，正在召集同伴，她應了句「這樣呀」。

反應自然，難以想像不久前她才去委託人埋葬同伴。

不過，她所說的數字是……？

「噢，那是**編號**。名字。我成為冒險者是用來代替繳稅的，所以囉？」

小事而已。這句話一出口，你感覺到堂姊在背後扭動身子。

你也不認為那是小事，但既然當事人不介意，外人就沒道理插嘴。

然而，堂姊似乎不這麼想。

「那個……妳還好嗎？」

她戰戰兢兢，客氣卻直接地詢問女戰士。

「沒事啦。」女戰士若無其事地甩手。

「反正是昨天才在酒館認識的人。」

如果打從一開始就是同一個團隊也就算了。聽見她的補充說明，堂姊講到一半的話卡在喉嚨。

「你們被迷宮……趕回來了是嗎？」

好像聽見堂姊吞口水的聲音。

「只去了第一間墓室，然後就逃回來了。」

她——你猶豫該不該用編號稱呼她——斜眼瞥向你。

那抹意味深長的眼神彷彿在對你拋媚眼，身為男性誰都會誤會，然而……

「如果你願意邀請我，我會很高興的。別看我這樣，姊姊我很厲害的喔？」

你握著刀柄思考，沒有將目光從她身上移開，詢問其他人「你們覺得呢」。

「多了個美女，咱沒有意見。」

首先回答的是半森人斥候。

女戰士「啊哈！」笑出聲來，輕聲說道「謝謝稱讚」。

她的語氣似乎帶有一絲殺氣，究竟是不是你的錯覺？

「我也沒意見……女性成員變多，是值得高興的事。」

堂姊接著說「探索過迷宮的人也比較可靠」。
至於女主教——她似乎沒想到自己會被問。
她始終一語不發，看著你們討論，你催促她回答，她只輕聲說了句「啊，好的」。
然後就沒再說話，你只能猜測她好像是贊成的。
既然如此——那麼，該怎麼做呢。
「呵呵呵，怎麼了？有什麼好奇的地方嗎？」
你還沒開口，女戰士就做出反應。
——好敏銳。
她說不定比一直練習察覺氣息的你更加敏銳。
經過一番深思熟慮，你要求跟她過一招。
邀請她加入是沒有問題，但你想先知道她的實力。
同伴的戰力直接關係到團員的生死，因此你想掌握清楚——不，這是藉口。
你不得不承認，你正在暗自興奮。
剛才對峙過，卻沒能實際交鋒的迷宮經驗者就在眼前。
你的刀法能派上多少用場？想跟她確認的心情難以掩飾。
「哦。要跟我過招呀……」

聽見你的要求，女戰士的眼神變了……

她踩在地上的聲音，和你拔刀出鞘的聲音，幾乎同時響起。

你像要倒下來似地將身體往前傾，單膝跪地，由下往上拔刀。

彎刀咻一聲出鞘，你將刀背朝上，與槍柄交鋒。

這時槍尖已經抵達你的頭上。剛才應該還在喉嚨的高度。

雖說那把槍有用東西罩住，要是被刺中，肯定會痛得昏過去。

你單手用刀背挑起長槍，雙手在上方重新握好刀，朝她揮下。

女戰士已經握住槍柄，準備刺出第二槍——

「啊哈！」

伴隨像在吐氣的笑聲，你從她的眼神看出她放鬆下來了。

「可惜只約好要過一招……我還想再跟你玩玩呢。」

看著她輕鬆自在地揮舞長槍，以尾端敲擊地面的模樣，你不甘不願地點頭。

第一招勉強不分上下。那麼……第二招會是如何？

「喂，怎麼可以突然拿刀對著女性！姊姊會生氣喔！」

是堂姊。你愁眉苦臉地糾正她。

你有信心自己做了不少鍛鍊，也沒有因為對方是臨時找來的冒險者就瞧不起她。

可是，她能在湧入迷宮的各種生物手下存活下來——確實很強。

「那、那個，請問……兩位在做什麼……？」

尚未理解狀況的女主教不安地問。斥候回答：

「別擔心，不是在打架。或許是在打架，但這算是『感情好到會打架』的那一種吧。」

你回答「大概」，面向其他人鄭重道歉。

剛才那完全是你的任性之舉，是因為你的幼稚而招致的事態。

堂姊聽了不停碎碎念「你這個人真的是喔」，不管她。

反而——

「雖然這對我來說並不重要，在寺院裡打架的不敬之徒，是不是該燒成灰燼？」

反而該注意從你背後傳來的冰冷聲音吧。

回頭一看，站在那邊的修女面無表情到看不出任何情緒。

你啞口無言，女戰士則無視你，笑著回答「好啦好啦」。

「……我不是在開玩笑。」

「是，我明白。對不起喔。」

唉，真是的。修女對看起來毫無悔意的女戰士深深嘆息。

「不管怎樣……這裡是掌管邂逅與離別的場所。願各位一路順風。」

希望那陣風吹得到迷宮深處。修女畫了個聖印。

看來這座城市果然需要這間寺院。

不過你的意願暫且不提，她不曉得看不看得上你……

「這個嘛……」經你這麼一問，女戰士把手放在臉頰上，苦惱地嘆氣。

「沒什麼好挑的吧——彼此都是？」

語畢，她咧嘴露出神似鯊魚的笑容。

★

目測有一整把的鐵球，發出清澈尖銳的金屬碰撞聲，吸向黃昏的天空中。

森人空手擊回帶有死亡詛咒的魔球（Wizball）。

人們湧入位於城塞都市外圍的鬥技場，大聲歡呼。

你雖然不清楚遊戲規則，剛才那球似乎得分了。

高高掛著的黑板上用粉筆寫下新的數字，森人方的觀眾用力跺步。

儼然是聲音的洪水。

客人的吶喊，有加油聲也有怒罵聲。在狹窄走道間叫賣的小販的聲音。酒、麵包、貓肉。

連你都被氣氛震懾住，女主教想必根本受不了。

她面色蒼白，手放在額頭上，你問她「沒事吧」，她堅強地搖頭。

「我、我沒事，只是有點驚訝……沒問題的。」

「真的，跟祭典一樣！」

先別管不停四處張望的**再從姊**了。

你詢問半森人斥候這到底是什麼活動。

「哎，大概是覺得其他人賭上性命的比賽很有趣，因為自己也是賭命在冒險。」

他的回答簡潔明瞭，你點頭。原來是這樣嗎？

不管怎樣，置身事外總是輕鬆愉快，你不是不能理解這種心情。

下方，由獵兵率領的團隊正在朝妖術師團隊扔鐵球。

鮮血隨著肉被砸爛的聲音噴出時，連堂姊表情都僵在那裡……

「我看看。記得平常都是在這邊……」

帶你們來到此處的，是這名女戰士。

★

——挑戰迷宮的冒險者團隊，似乎以最多六人為原則。

那是因為有些迷宮通道較窄，低於這個人數才能掌握全員的狀況，避免有人脫隊。

至少國家已經證明，派出數不清的士兵進去，只會被「死」吞噬。

更進一步地說，想管理每位成員的裝備到資產等一切資源，這個人數就是極限。

只顧著計算收支，最後被怪物吃掉的話，到時誰都笑不出來。

因此是六個人。

考慮到這一點，你們還得再找一名成員。

戰士或術士。你不打算太挑，但希望是會用法術的人。

「你會用一點法術吧？」

離開寺院時，女戰士轉頭笑著詢問正在沉思的你。

推測是剛才過招的時候她察覺到的。你表示肯定，她點了下頭。

「嗯。而且那孩子應該也會用法術……」

她望向小步走在隊伍最後方的女主教。

你無視挺起豐滿的胸部大喊「我也會！」的**再從姊**。

「啊，是的。」

她輕輕點頭。看起來實在不是能帶著自信回答「會」的模樣。

「我對法術也有一些涉獵，雖然不算擅長。」
這樣的話，你、堂姊和她，五個人裡面有三位施法者。
莫非半森人斥候也深藏不露？你往他身上看過去，他甩手回答「不不不」。
那麼最後一名成員該如何是好呢……
「僧侶也行的話，我可以幫大家介紹喔？」

★

女戰士順水推舟地提議。
不如說，在她把你們帶到鬥技場的期間，你一直在思考，她的行為可以說十分有智慧。
大概是想讓自己認識的人加入團隊，穩固自己的地位。
她表現得如此自然，令你在內心讚嘆。
「可是，和尚會在這種地方嗎……」
「呵呵，還真的在，不曉得他正不正經就是了。」
女戰士似乎在人群中找到了目標。
她叫你們稍待片刻，靈活地鑽進人群。

過沒多久，跟著她走過來的，是在字面意義上高人一等的纖瘦高大男子。

頭部類似昆蟲的異形——你也是第一次看到，是蟲人。蟲人的僧侶。

「……怎麼？在找僧侶的是你們嗎？」

蟲人僧侶的嘴巴敲得喀喀作響，冷靜地開口。

他晃著觸角及複眼環視你們，無奈地嘆氣。

「小丫頭和一個**鑑定師**嗎？認真的？」

語氣冰冷，你感覺到女主教抖了一下。

考慮到數小時前的遭遇，這也是無可奈何，堂姊卻被惹到了。

「和尚先生，你對初次見面的女性這種態度，會不會太失禮了？我們確實缺乏經驗，不過……」

「其他人就是這樣看的。勸你們最好有點自覺。」

……唔。

你因蟲人僧侶這句話挑起一邊的眉毛。

看來這個人並沒有嘴巴那麼壞……應該。

因為他沒對女主教的眼睛多說什麼。

你望向半森人斥候，他揚起嘴角。

「哎，妳沒必要逞強。有咱們在，大家是一心同體。」

女主教聞言，用細若蚊鳴的聲音回答「是」。

「……雖然……我還沒有信心能做好。」

面對儘管心裡恐懼不安，依然努力向前邁進的少女，蟲人僧侶彆扭地敲了下嘴。

「……所以，你們的目的是？」

目的。你重複了一遍。看來話題明顯變了。

「錢嗎？還是……據說潛伏在迷宮深處的『死』的源頭？我都可以……」

你當著蟲人僧侶的面，望向周圍的同伴。

——方便以你的意見為主嗎？

「我覺得沒問題。」堂姊率先笑著點頭。「姊姊會陪著你。」

可惡的**再從姊**。你嘆了口氣。你發自內心尊敬堂姊的這部分。

半森人斥候咧嘴一笑，旁邊的女主教因困惑而目光游移。

「那個……我只有聽說各位要挑戰迷宮。」

「這麼說來，我還不知道大家的目的呢……啊，順帶一提，我是為了錢。」

女戰士微笑著強調。恐怕是故意的。

你吸氣，吐氣。

——這還用問嗎？

你斬釘截鐵地斷言。

你不會說迷宮裡的錢沒用，但你的目的只有攻略迷宮一個。

抵達最下層，根除「死」的源頭。

「……真的嗎？」女主教眨了眨那雙看不見的眼睛。

「真的是這樣嗎……!?」

不曉得是不是你自作多情——她的語氣透露出喜悅。

你回答「那當然」。不知道有沒有辦法走到那一步，但你想挑戰迷宮的心情不會改變。

「嘿嘿。就算老大沒那個意思，咱也打算這麼做。區區迷宮不算什麼啦。」

「你的聲音在抖耶？」

女戰士喉間發出銀鈴般的笑聲。

半森人斥候面色僵硬，卻笑著回嘴：

「可怕的東西就是可怕啊！」

最後，蟲人僧侶說著「原來如此，你們是認真的嗎」用力點頭。

「行，我加入。」

——沒關係嗎？

「我改變心意了。我也想看看躲在迷宮深處的傢伙長什麼模樣。」

你一頭霧水，他可靠地把嘴巴磨得喀喀響。

既然如此，就這麼決定。

你、堂姊、半森人斥候。原本在當鑑定師的女主教、捉摸不定的女戰士、蟲人僧侶。

你將帶領這個六人團隊，挑戰「死亡迷宮」。

意即——冒險的開始。

★

「死亡迷宮」在城塞都市郊外，張開大嘴等待冒險者。

將數不清的冒險者吞沒的入口，宛如怪物的嘴巴等待著你們。

太陽通過天頂，逐漸西斜，陽光依然刺眼。

然而一照到迷宮入口，光線就突然中斷，只餘一片黑暗。

迷宮不會把自己的內部，展現給連踏進一步的勇氣都沒有的人看。

「……這裡就是，『死亡迷宮』……」

女主教小聲說道，聲音細不可聞，肩膀顫抖著。

比起感慨，恐懼的情緒更加強烈，有個人卻比她更嚴重，話講到最後聲音都在抖。

「唉、唉唷，別嚇人，害咱也怕起來了……」

是半森人斥候。他用顫抖不已的手指，把玩著掛在腰間的短劍。

你無奈地嘆氣，女戰士幾乎在同一時間「呵呵呵」笑出聲。

「放心，保護後面的人是我們的職責。」

你贊同這句話。

千萬不能讓敵人的刀——雖然你不知道他們有沒有拿刀——碰到後衛。

——潛入迷宮前，你們並沒有討論多久。

畢竟你們不久前才認識。想合作也有困難。

不如分配完前衛和後衛就好，避免妨礙彼此……

「可是，回去後一起吃頓飯吧！」

你的堂姊笑咪咪地提出不合時宜的意見。

不曉得她這個態度是刻意為之，還是真的搞不清楚狀況，無論如何，真是了不起的人。

你輕輕按住太陽穴點頭。法術的部分交給堂姊處理。

「哎呀，可以嗎？」

雖然不太想承認，這個團隊裡面，最擅長法術的就是堂姊。

你得在前線揮刀，交給在後方關注整個隊伍的堂姊指揮，應該比較適合。

你問他有沒有意見，蟲人僧侶敲著嘴巴回答「我都可以」。

「我要到前面去。這樣的話，你負責的就是寶箱了，盜賊。」

「喔、喔。」半森人斥候點頭。「但咱是斥候耶……」

「無所謂，不過死都不可以逃。你敢逃我就咒殺你。我可不想做白工。」

「明、明白！咱可是總有一天要攻略迷宮的男人，別小看咱！」

你在旁邊聽著兩人交談，看見女主教臉上浮現笑容。

她在緊張。你也是，不過——應該沒問題。

你如此判斷，走向迷宮的入口。

城塞都市蓋在能堵住迷宮入口的地方。

也就是用來阻擋從裡面湧出的生物，手拿武器的士兵堵在那裡。

你向女性——從別在豐胸前的徽章來看，是近衛——行了一禮，拿出白瓷級的識別牌。

「噢，不必不必。這裡已經沒在管等級之類的東西。」

她十分輕浮地甩手，語氣反而輕快活潑。

你在這段期間持續觀察她，發現她全身上下毫無破綻，深刻體會到自己跟近衛的實力差距。

「因為差別只有能走到迷宮多深處的地方、能否活著回來、能否繼續探險。」

「……難度這麼高嗎？」

女主教緊張地問。近衛兵親口保證：

「當然囉。有一半的人都會逃回來，不然就是死在第一次的探險中。」

——剩下一半呢？

「在途中送命吧。」

近衛兵咯咯笑著，將五個布袋塞給你。

這是什麼？你問，她臉上仍舊掛著笑容。

「屍袋。給六個也沒用。五個就夠了。」

死光就沒人收屍囉。女戰士在你背後吐氣，聽起來像忍不住笑出來。

單純的鬧劇，不值一提——有必要這樣嚇人嗎？你板起臉來。

因為這點小事就害怕的人，根本不該進迷宮。

雖然你無法判斷這是國家的溫情，還是這名女性近衛兵的溫柔……

「會怕的話回故鄉如何？有家人在等你們吧，大概。」

你抬起嘴角，回頭問夥伴「可以嗎」？他們點頭回應。

「我都可以。」蟲人僧侶說：「你不進去的話，只要去找其他人就行。」

你搖頭表示沒那個必要，告訴近衛你們不介意。

「是嗎？」近衛兵瞇起眼睛。「各位感情真好。雖然光是感情好，並不能讓人活下來，不過——」

遠比關係差的團隊好。

她輕聲說道，你露出難以言喻的表情。

關係好——是這樣嗎？你不清楚。

恐怕要等從這次的探索中生還後才能確定。

你又看了眾人一眼，慢慢踏進迷宮的黑暗。

近衛兵朝你的背影呼喊。

「歡迎來到試煉場（Welcome to Proving Grounds）！」

★

眼前是固定在岩石上的梯子，不久前，你們才沿著它爬下來。

讓所有人都能回到這裡，就是身為團隊頭目（Leader）的你的任務。

然而……你眨眨眼睛。

迷宮的影子以異常的濃度蓋過周圍的空間，連呼吸都會感覺到壓力。

再怎麼定睛凝視，眼睛也沒有習慣暗處的跡象，模糊的光芒飄在空中。

只看得見浮在黑暗中的通道的輪廓線。

「好，照之前的安排。兩位戰士和我站前面，你在後方戒備。」

「瞭解！」

不過有有經驗的人在，整個過程果然很流暢。

半森人斥候按照蟲人僧侶的指示站到隊伍後方。後衛不只有女性令人心安。

你聽說這座迷宮超自然的空間，正是干擾軍隊進入的最大阻礙。

鮮少在迷宮裡遇到其他冒險者，似乎也是拜其所賜。

走道感覺只能供三個人並排，又巨大得彷彿能容納巨龍坐在那邊。

要在這個狀況下掌握十人、百人的狀態，會有多麼困難……不。

歸根究柢，你該顧慮的是包含自己在內的這六人。你的責任十分重大。

「呵呵，那就麻煩你囉，頭目。」

這時，柔軟的手放到你肩膀的重擔上，撩人的吐息撫過耳邊。

回頭一看，女戰士笑著瞇起眼睛。你用僵硬的聲音回應。

但是，嗯，你稍微放鬆了一些。

你冷靜地檢查掛在腰間的刀上的釘釦，確認刀鞘的狀態後收刀入鞘。

儘管它只是把量產品，不是什麼名刀，在這次的探索過程中，眾人的性命就寄託在上面。

不只有你，而是六條人命，要是有個萬一就糟了。

「那走吧。隨便找條路好了，我看看，就從那邊……」

「啊，那、個，請等一下……！」

這個**再從姊**真是的。你仰天長嘆，誠心感謝阻止她的女主教。

這位堂姊果然缺乏緊張感吧。同伴真是可靠。

「不、不畫地圖會迷路的……那個，而且，我記得……」

女主教似乎敏銳地察覺到其他人的視線都集中在自己身上。

她紅著臉低下頭，語氣隨著愈來愈小的聲音，變得毫無氣勢。

「第一次探索的時候，要從第一間墓室開始……對不對？」

你回答「我正有此意」，望向女戰士及蟲人僧侶確認。

「進去，戰鬥，拿到寶物，回去。很簡單對吧。」

女戰士輕笑著說，你卻笑不出來。

實際上，你不久前才看到她的團隊因為那場冒險迎來了什麼樣的下場。

就算不論這件事——想在這座迷宮中生存下來，絕不容易。

連那細微的輪廓線，前方不遠處都像暈開來似地糊成一片，看不清前面的路。

連光芒都能吞沒，永無止境的暗黑迷宮。怪物何時來襲都不奇怪。

光要看見六名同伴的臉就夠困難了，難怪軍隊也無法離開。

你握住不知不覺因緊張而僵硬的手，放開。

不是因為光線昏暗的關係，而是因為你看見堂姊僵硬的表情。

你將本來要斥責堂姊的話吞回去，只是提醒眾人多加注意。

進去，回來。反省會什麼的，通通要等一切都結束後，大家還活著再說。

不是現在該做的事。

「我是有之前探索時用過的地圖。」

蟲人僧侶喀吵喀吵地從懷裡拿出捲起來的羊皮紙。

攤開一看，雖說只有一小部分，是張畫著迷宮地形的地圖。

精緻又美麗的地圖，一看就知道是出自有製圖技術的人之手。

從你旁邊探頭窺探的半森人斥候「哦——」發出缺乏幹勁的聲音。

「喔，這位大哥，你準備得真齊全。咱還以為是從軍隊之類的地方流出的東西咧。厲害，比專家還厲害。」

蟲人僧侶忽然沉默，嘴巴敲得喀喀作響，然後咕噥道。

「……是我。」

「啊？」

「是我畫的。」

「哎唷……」

你們才剛認識，對彼此不甚瞭解。

你心想，這時女主教戰戰兢兢地伸出手。

你表示疑惑，旁邊的堂姊則馬上明白她的意圖，將地圖遞給她。

「來，給妳！」

「啊……………謝、謝。」

女主教感嘆出聲，佩服地撫摸地圖，彷彿在愛撫它。

「……妳看得見嗎？」

是的。女主教輕輕點頭，回答蟲人僧侶的問題，一面輕撫地圖，一面接著說道。

「我不是完全看不見……只要感覺墨水和紙觸感的差異，就能明白。」

「是嗎？」蟲人僧侶說：「哎，這麼暗跟視力好不好也沒關係。」

你微笑著點頭，思考片刻後，問女主教要不要試著畫地圖。

「咦……？」女主教驚訝地抬頭凝視你。「我嗎？」

讓前衛邊畫地圖邊行動，當然有危險。

後衛的話，你希望斥候負責戒備，至於堂姊……堂姊就算了。嗯。

「……我有種被弟弟鄙視的感覺！」

你開玩笑唬弄過去，**再從姊**有點激動地大喊。

但這並不是她真心的反應，而是要緩解身體的緊張。
就算是好了，如果最後能讓她放鬆下來，你也不打算責備她。
「這是老大想讓大姊專注在法術上的貼心之舉！」
不愧是半森人斥候，簡直能跟你心靈相通。你刻意點頭。
不知所措地聽著你們交談的女主教，不久後也握緊拳頭。
「那、那個，那麼……我會認真做好這份工作。」
你只說了一句「麻煩了」。
感覺責任感強烈的她，應該不會犯下愚蠢的失誤——而且，對象是這座迷宮。
如森人僧侶方才所說，你認為不依靠雙眼反而比較不會迷路。
更重要的是——
「呃，那麼地圖請借我一下。」
「好……噢，妳有鐵筆嗎？木炭也行。」
「啊……不好意思，可以借我嗎？」
攤開羊皮紙，準備畫地圖的她，顯得有點雀躍。
這對於緩解她冒險失敗，跑去當鑑定師的經歷造成的鬱悶之情，應該有不錯的效果。
「前提是要活得下來。」

女戰士見狀，輕聲說道。

「但我覺得貼心的男生很棒。」

你無視她的調侃，重新望向迷宮深處的黑暗。

一直站在入口，什麼都不會開始。

你卻覺得你們已經聊了很久。

雖然準備確實很重要……你應該是下意識害怕踏進迷宮深處吧。

你緩緩搖頭，努力刻意控制雙腿向前移動。

——走吧。

大家都默默跟著你。

★

你屏住氣息。

不對，是感覺每走一步就會被逐漸吞沒。

照理說你們並沒有前進多少，回頭卻已看不見地上的光線。

唯有隱約可見的通道輪廓線向前延伸，被黑暗蓋過，最後中斷。

看前面也沒用。你有種獨自被拋棄在黑暗中心的感覺。

不曉得是滿溢迷宮的瘴氣使然，還是因為知道這裡有怪物，先入為主的觀念導致的，抑或兩者皆是。

無論如何，現在你知道在迷宮裡幾乎不會撞見其他團隊。

人在迷宮裡是孤獨的。能依靠的只有自身的力量，以及團隊同伴。

這裡已經是不祈禱者（Non-Prayer）的領域。

即使立刻夾著尾巴逃到地上，也未必回得去。

就算只有一次也好，有沒有進過迷宮會拉開冒險者之間的差距，也是理所當然。

「你該不會怕了吧？」

女戰士在旁邊發出銀鈴般的笑聲。你搖頭否認。

你詢問眾人「還好嗎」，夥伴們各自用有點僵硬的聲音回答「沒問題」、「可以」。

——女主教沒有回答。

哦？你轉頭一看，她正專心地默默用鐵筆在羊皮紙上畫地圖。

這次有可以拿來當範本的地圖，又幾乎沒有岔路，不可能畫錯。

你問她「還好嗎」，在堂姊的催促下，女主教用拔尖的聲音回答：

「是、是，不、不好意思，我太專注了……」

你搖頭表示沒關係。遠比緊張得不能動來得好。

「墓室裡面……會有什麼樣的怪物呢？」

堂姊喃喃說道。蟲人僧侶低聲回答「千差萬別」。

「一樓比較多小型的人形怪物。也有像冒險者的傢伙……剩下就是，哎，財物吧。」

「財物嗎？」

「理由不明。但不在迷宮裡徘徊，而是待在墓室的怪物，身上會有寶箱。」

侵入並掠奪（Hack and Slash）。可謂冒險者的典型。

因此，「像冒險者的傢伙」反而更引起你的興趣。

潛伏在迷宮裡的通常都是怪物。冒險者會攻擊冒險者嗎？

「不清楚。」開口的是女戰士。「盜賊。也可能是靈魂被抽走的……死人？」

她的語氣比剛才調侃你的時候僵硬了一些。

你直接地問「難纏嗎」？她支支吾吾地點頭。

「像冒險者的那些……或許真的是冒險者……不過，嗯。」

遇到就逃吧。她簡短咕噥了一句。那五個屍袋就是這樣來的嗎？

你吐出一口長氣。還沒進入戰鬥就在緊張，也是無可奈何——這個藉口只適用到這裡。

如今阻擋在你們面前的，是墓室關上的門。

「……終、終於到這一刻了。」

半森人斥候轉動手臂，以放鬆僵硬的身體。

「如果咱是迷宮之主(Dungeon Master)，不會在一樓放寶物就是了……」

「先不管利潤，無論敵人是誰都不能連戰。受重傷的話，我們可沒錢去寺院治療。」

蟲人僧侶冷靜地——也可以說是機械性地重複方針，向眾人確認。

你點頭附和。這是你們在來到此地的過程中，討論出的結果。

「既然如此，要做的只有三件事。衝進去，殺敵，回去。」

「盡全力就是了對不對，和尚先生！」

堂姊的聲音活力十足，蟲人僧侶嘟囔道「……簡單地說，是這樣沒錯」。

你沒有異議。

總有一天會有必須避免消耗，或是反而得硬著頭皮上的時候吧，但不是現在。

現在該考慮的是戰鬥、存活下來、回去這三件事。首先要戰勝敵人。

「呵呵呵，我隨時可以開戰喔？」

女戰士拿起槍，輕輕一笑。女主教急忙收起地圖，拿著天秤劍不停點頭。

你也再度拔刀，檢查釘釦，用唾液沾溼刀柄，讓手習慣它的觸感。

你向眾人下達號令，抬起腳——用力踹破門。

「——!?」

你們一同衝進墓室，縮在影子中的怪物們猛然抬頭。

數量——共五隻！

「好！小型人形，沒有看似冒險者的！」

蟲人僧侶大叫。在昏暗的迷宮中，想看清敵人並不容易。

而且雖說不是強敵，敵人有五隻。以前衛的數量來說，你們已經趨於下風。

你看到敵人數量較多，迅速指示堂姊使用法術。

「嗯、嗯，用不著你說……！」

堂姊緊張地大喊。

「我們三個一起配合！」

然而，女主教沒有反應。她全身僵硬，喘不過氣。

你輕輕搖頭，用沒拿刀的那隻手結起意味「惰眠（Sleep）」的法印。

堂姊見狀也舉起短杖，高聲朗誦具有真實力量的話語。

「沙吉塔（箭）……凱爾塔（必中）……拉迪烏斯（射出）！」

白色霧氣瞬間籠罩戰場，亂舞的光箭從少女的指尖射出，貫穿薄霧。

「力箭（Magic Missile）」是你也會使用的初階法術。

威力暫且不提，帶有必定命中的咒法的箭鏃，在這個狀況下十分可靠。

「GROORBB!?」

「GORB!?GBBOROB!?」

在意識不清的時候沐浴在箭雨下，剛開戰就吃了下馬威的怪物紛紛哀號，然而——

「法術明明命中了……！」

堂姊不敢置信地大叫。數量仍然維持在五隻，無法拉近戰力差距。

不過誰管他。你雙手握住刀柄，將彎刀扛在肩上，對兩名前衛吶喊。

「好，那些傢伙也不是無敵的……我們上！」

「啊哈！這種情況，很讓人興奮呢……！」

你大叫著回應同伴，提著刀跳進敵陣中央。

「GOORB！」

「GBBGORO!!」

瞄準的是站在最前方的那一隻。

你咆哮著向尚未掌握狀況的那隻怪物揮刀。

「GOOBOGR!?」

刀刃挾帶著你的衝勁，斬裂怪物的肩膀到腹部，砍斷骨頭，內臟四濺。

你不習慣對付體型這麼小的敵人，儘管是令人不滿、單憑蠻力的一刀，也足以解決敵人了。

你順勢將刀揮到底，甩掉上面的血，拖著步伐確保活動空間。尋找下一個敵人。

剩下四──

「GOBB！」

「啊啊，討厭……很痛耶！」

「GOOBOGRRB!?」

「噢……！挺囂張的嘛……！」

──不，剩下二。

兩名同伴已經在與敵人交戰。

女戰士沒能徹底彈開敵人揮下的短刀，靠皮甲擋住，用長槍的尾端撞飛怪物。

敵人體型小。跟剛才你只得靠蠻力揮刀一樣，必須費點心思保持距離。

蟲人僧侶則反手拿著形似柴刀的小刀，精準地抵禦攻擊。

一對一的話，敵人實在稱不上難纏，但數量優勢逆轉的話就不好說了。

「GGGOBOO!!」

「GOORBG!?」

在他們解決敵人前，應該要由你擋住衝上前的這些傢伙。
「老大，要不要咱來處理!?」
你背對朝你大喊的半森人斥候，搖頭面向兩隻怪物。
「GGGBOOROGB！」
「GOORBG！」
拿著粗糙棍棒逼近你的模樣，並不是在計算距離。
八成只是在想要如何讓同胞先去送死，獨自存活下來。
那醜陋又自私的生物……你也聽說過。不會有錯。
——哥布林嗎！
「嗚……！」
後方傳來女主教拚命壓抑住的悲鳴。在你被轉移注意力的一瞬間，小鬼們撲了過來。
同時從左右進攻。你用刀擋掉右邊的棍棒，左邊的那一擊則直接靠鎧甲防住。
一節一節的木棍發出聲音，陷進你的側腹。
「——！」
你聽見堂姊的尖叫聲，選擇無視。沒事。雖然感覺到一陣悶痛，不足以致命。
你發現自己喘不過氣，激勵快要站不住的雙腿，踩穩腳步。

萬一摔倒，你會直接遭到圍毆。不然就是後衛遭到攻擊，再不然就是其他前衛遭到攻擊。

你將力氣集中在雙手，正想砍向面前的哥布林，察覺到情況不對。

「GOORGB!!」

——有一半的刀刃陷進棍棒！

在剛才那一瞬間的攻防戰中，你抵擋攻擊時也不小心太用力了。

手拿棍棒的小鬼大笑著，你用眼角餘光瞥見左邊的哥布林舉起棍棒。

你像在拔河似地雙手施力，立刻甩動手臂，彷彿要用刀把棍棒捲過來。

「GOROO！」

斷掉的棍棒飛到空中。

你和哥布林的臂力有顯著的差距，而且你的刀和粗糙的木棒價格也截然不同。

你將刀刃往上挑，右邊的哥布林像被撞開一樣，踉蹌了幾步。

你立刻把刀子高高舉起，用左手扶著，以行雲流水般的動作踏向左方。

「GBBOBOG!?GOROGB！」

接下來那隻企圖毆打你頭部的小鬼，似乎沒想到你竟然會盯上他。

他舉著棍棒，從鼻子到胯下被砍成兩半，仰倒在地上。

髒血噴出，灑滿全身。

滿身是血的你將刀拿在下段，躡手躡腳拉近距離，企圖從最後那隻小鬼的胯下——

「啊哈！得手了……！」

「GBBOORG!?」

——咚一聲，槍尖從那隻小鬼的胸口長出。

女戰士將抽搐的小鬼刺在地上，用修長的腿踩住他的背，拔出長槍。

全身被紅褐色血液弄髒的她，舔掉噴到臉頰上的血。

「這樣就兩隻……對吧？」

勾起一抹微笑的嘴唇，簡直像塗了口紅。你吐出一大口氣，點頭。

然後望向蟲人僧侶，確認那邊的狀況，他回答：

「結束了。哎，畢竟只是哥布林。總會有辦法搞定。」

形似柴刀的小刀，似乎比想像中更加銳利。蟲人僧侶一把將小鬼的腦袋扔掉。

你回頭望向身後，半森人斥候默默舉著手。

你看見堂姊臉色發青——不，你看見女主教瑟瑟發抖的模樣。

「啊，是……的……我……沒事。沒事的……我……」

你問她「還好嗎」，女主教愣在那邊。

你望向堂姊，她搖搖頭，接著點頭叫你交給她處理。

——那就交給她了。

你深深吐氣，拿刀代替手杖撐住身體，疲倦感一口氣湧上。

戰鬥一結束就覺得，真的是一眨眼的時間……不過可以說極其激烈。

畢竟雖說有多少有些經驗的人，你們可是六名新手冒險者。

敵人則是五隻在樓層最淺的地方徘徊的怪物。以戰力來說不分上下。

你竭盡全力戰鬥，得到的是高階冒險者會嗤之以鼻的結果。

面對那個結果，你們有好一段時間說不出話。

墓室潮溼又帶有霉味的空氣混入血腥味及屍臭，只聽得見眾人調整紊亂呼吸的聲音。

雖然是因為敵人數量比想像中還多的關係，只要走錯一步，你們肯定會迎接「死」的洗禮。

至少你們和倒在腳邊的哥布林們，立場沒有任何不同。

每個人都精疲力竭，連傷勢都忘記處理，整個人都累癱了，這時——

「很好!!贏了——!!」

一名男子精力十足，發出勝利的歡呼打破凝重的空氣。

氣氛瞬間緩和下來，彷彿緊繃的絲線斷了，眾人面面相覷。

你鬆了口氣，甩掉彎刀上的血，拿紙擦拭，收刀入鞘。

儘管不是什麼名刀，它派上了用場。至少你撿回一條小命是託這把刀的福。

「嘿，老大，辛苦了！大家也喝口水休息一下唄。」

你接過他遞過來的水壺，喝了一口。微溫的水現在喝起來十分冰涼，令人心神舒暢。

「對、對不起。我……」

「好了好了，喝吧。咱剛才也嚇得動不了，沒辦法的啦。」

半森人斥候不予理會女主教細若蚊鳴的道歉，從她的行囊裡拿出水壺。

她一面擺手一面接過，大口灌下，水都灑了出來。

其他人也跟著從自己的行囊中拿出水壺，滋潤喉嚨。

你留意著不要被女主教發現，向半森人斥候低頭致謝。

——擔任後衛的斥候或盜賊，鮮少在戰鬥中活躍。

體力消耗最少的他是如此貼心的人，可謂非常幸運。

「別放在心上。沒什麼大不了。」

半森人斥候揮揮手，把手指折得喀啦喀啦響。

——沒錯，他的戰鬥現在才開始。

不曉得是小鬼囤積的，還是打從一開始就在這間墓室。

不管怎樣，沾血的寶箱(Chest)就這樣隨便放在地上，彷彿是突然出現的。

「我們是最先來的嗎……？」

堂姊不知何時走到你旁邊，將因為恐懼與緊張而失去血色的臉頰湊近，輕聲詢問。

你搖頭表示不清楚。這是最近的墓室。真是萬萬沒想到。

「我也不懂原理，不過聽說寶箱都是憑空冒出來的。」

蟲人僧侶重重地坐到墓室的角落，隨口說道。

「可能是迷宮的構造，可能是迷宮之主設計的……隨便。金錢財寶無窮無盡的話，怎樣都好。」

是嗎？你點頭回答，感覺到一陣寒意，閉上眼睛。

「喂，累的話要不要我幫你用神蹟？如果你因此出了差錯，會很麻煩的。」

「唔，總會有辦法吧……大概。」

呵呵。女戰士像在調侃人的笑聲傳入耳中。

「失敗的話就是你的錯囉。」

「唉唷……」

「請、請你加油。」

半森人斥候「喔」了一聲，回應堂姊的聲援。

女主教沒有說話，聲音中斷，只剩下斥候從行囊裡拿出七種道具的細微聲響。

你在黑暗中聽著這些聲音，拿起潛伏在胸中的陰影觀察。

——彷彿「死」在對你招手。

值得賭上性命的財寶。潛藏在危險深處的謎團。有著怪物蠢動的迷宮的地下深處……

誰有辦法抵抗？在抵達那裡前，累積了多少的「死」？

這座迷宮的黑暗，正是「死」的黑暗……

「……這東西大概有石弓之類的陷阱……」

喀嚓喀嚓。

你睜開眼睛，斥候的手指靈活動作著，他正在用手邊的道具開鎖。

數根細長的探針和鐵絲。又扁又平，形狀跟鑿子一樣的小刀。

半森人斥候的手忙碌地在寶箱周圍移動，調查鎖孔，將刀刃滑進蓋子跟箱子的縫隙間。

你知道他在調查陷阱，試圖開鎖，卻不懂具體的步驟。

除了交給半森人斥候以外別無他法。

話雖如此，不代表你可以在一旁悠哉——陷阱也有各式各樣。

用炸彈一網打盡、用警鈴引來新的怪物，或是強制「轉移」……

待在他旁邊以防萬一就是你的任務，跟剛才的情況正好相反。

只能枯等時間度過的煩躁感，似乎挺難熬的。

「……欸，那孩子。」

在緊張的氣氛中，女戰士輕聲對你說。

沾到紅褐色血漬的臉頰微微泛紅，不曉得是擦掉髒汙時弄紅的，還是戰鬥的興奮使然。

那孩子？你歪過頭，她用下巴指向墓室的一角。

堂姊輕輕撫摸女主教的背，小口小口地餵她喝水。

「可以不要太生她的氣嗎？」

因為她好像經歷了許多事。女戰士微微低頭，皺眉咕噥道。

聽見那句話，你輕描淡寫地回問「什麼意思」。

有什麼好生氣的？

女戰士愣了一瞬間，溫柔地瞇起眼睛。

「也對……沒事，如果只是我誤會就好。對不起喔？」

沒什麼好道歉的。你又說了一遍，將視線移回寶箱。

不管是誰，都有自己的遭遇。

若當事人不想說、不希望他人過問，其他人根本不需要涉足其中。

不只女主教，堂姊，以及這位以編號為姓名的女戰士也一樣。

因此你沒有再說什麼，只是專注在應對意外事件上。

過沒多久，你聽見寶箱蓋掉下來的聲音，半森人斥候跳了起來。

「喔、喔喔……！」

陷阱嗎？你把手放在腰間的彎刀上，進入戒備狀態。斥候轉過身，緊繃的神情轉為笑容。

「成功啦，小菜一碟!!打開囉!!」

「哎呀，好厲害！」

女戰士發出像貓在撒嬌的甜美聲音，彷彿剛才憂鬱的表情是裝出來的，奔向斥候身邊。

蟲人僧侶咕噥著「我來看看」站起身，堂姊滿面笑容，拉著女主教的手走向寶箱。

半森人斥候從寶箱裡撈起的金幣，閃耀燦爛的光芒。

你吐出一大口氣。

★

在稍微放鬆的氣氛下，不曉得是誰提議回去的。

你們不約而同地站起來，斥候又檢查了一遍寶箱，離開墓室。

腳步——輕盈又沉重。對你來說是奇妙的感覺。

全身疲憊，緊張感仍未散去，安心及喜悅緩緩湧上心頭。

你活下來了。

你獲得勝利了。

雖然被區區幾隻小鬼耽誤了不少時間，你確實在迷宮踏出了第一步。

「哎呀，是說……這些東西值不少錢咧。」

背著金幣，留待之後再分配酬勞的半森人斥候感慨地說。

你們將金幣收集起來——仔細一看，裡面還混著銀幣——裝滿一整個麻袋。

得費一番工夫才帶得回去，六個人分應該也有不少金額。

難怪懷著一夜致富的夢想跑去當冒險者的人源源不絕。

「就算直接回國，搞不好也能享樂個一年。」

「怎麼？天外飛來一筆橫財，就想走人了？」

走在你旁邊的蟲人僧侶，用不帶感情的複眼望向半森人斥候。

「我無所謂。隨便你。」

「唉唷……」

蟲人的語氣分不清有幾成是認真的，半森人斥候舉起沒拿東西的那隻手投降。

「開玩笑的啦，開玩笑的。」他反覆強調，你旁邊的女戰士輕笑出聲。

「錢很重要喔。」她喃喃說道：「因為這個地方什麼東西都賣得很貴。」

不管是食物、娛樂、保養武器防具等，為了存活下來所做的準備。

商人們判斷冒險者是徹頭徹尾的搖錢樹，導致這座城塞都市物價特別高。

常聽見有人說，其中最不值錢的是冒險者的性命。

你這麼說道，女戰士輕輕搖頭，頭髮隨之晃動。

「不是的。在這裡，命也要看錢的臉色。當然死了就另當別論了……」

看來沒有東西是便宜的。你不禁嘆息。

「……話說回來，這是哪個國家的金幣呀？」

你的堂姊則仔細盯著徵求眾人的允許後借來看的金幣。

在黑暗中當然看不清楚，但她表示「我會好奇嘛」。

「因為我從來沒看過。應該可以確定是古代的金幣。」

從神代至今，四方世界有許多國家興起、衰亡。事到如今也用不著說這些了。

再說，這座迷宮本身就很不可思議。

你不著痕跡地觀察周圍，看見通道無機質的輪廓線浮在空中。

去程時帶給人強烈壓迫感的迷宮，回程看起來已經是熟悉的道路。

至少通往地面的路程，仔細回想起來好像並沒有多長……

「……那、那個……」

你回頭想拿地圖看，有個人怯生生地開口。

是女主教。她因為你剛好在同一時間轉頭而驚訝、困惑，支支吾吾地說「沒事」。

你的堂姊輕輕撫摸她的背，溫柔地呢喃：

「別擔心，說說看。要是我弟做了什麼失禮之舉，我之後幫妳罵他。」

你糾正她「是**再從弟**」，半森人斥候故意插嘴說了句「叛逆期到了」。

你聽了故作誇大地板起臉，蟲人僧侶開口說道：

「隨便。想說什麼就說，不想說就閉上嘴巴。」

「……」

銳利的話語令女主教低下頭。蟲人僧侶簡短地又問了一句「妳打算怎麼做」。

她說：

「……對、不起，剛才……那個……我、我……」

她的聲音顫抖不已，又細不可聞，語帶困惑，宛如即將被罵的孩童。

——什麼？

你認真地思考。你完全不知道她在指哪件事。

「噗……」

女戰士反射性掩住嘴巴，纖細的肩膀抖動著。
她似乎忍不住笑意了，對你投以譴責的目光。
你搖頭表示毫無頭緒。剛才又沒有遇到什麼致命的危機。
聽見女戰士終於笑出來，女主教不知所措地搖頭。
「對啊對啊，根本是大成功。」
半森人斥候用力點頭，蟲人僧侶從口中噴氣，咕噥道「差不多吧」。
「看吧？」堂姊輕輕撫摸她的背，女主教小聲回答「是的」。
「……那個，回到地上後，可以請大家幫我看看地圖嗎？我想……檢查一下有沒有問題……」
下次我會加油。女主教彷彿在這麼暗示。
你當然沒意見。因為這很重要。
你這麼告訴她，女主教鬆了口氣，臉上浮現笑容。
「是！」她語氣輕快，肯定不是你的錯覺。
女戰士用手肘頂你側腹，悄悄說道「人家真喜歡你耶」，彷彿要報剛才的仇。
通往地面的梯子在前方不遠處。
沒錯，你們的冒險，第一次的探索成功了。
剩下只要回去即可。

──因此，那應該不是任何人的責任。

下一刻，你感覺到自己的腳在黑暗中踩到某種黏稠的物體。

★

「──來了。」

女戰士壓低音量，吁出一口氣，接著立刻瞇起眼睛，望向黑暗深處。

蟲人僧侶晃著觸角，默默拔出短刀，後面的同伴們也停下腳步。

「……什麼東西？」

沒人回答堂姊，你握住腰間的彎刀，緩緩拔出。

迷宮的輪廓線對面，傳來十分噁心、令人不快的水聲。

一、二、三、四、五──六個影子逐漸逼近。

起初你覺得那看起來像吐出來的血。不停蠕動，透明的內臟──是活著的。

紅褐色的混濁黏液塊，抖動著跳到你們前面。

「這、這啥東東……!?」

「是叫史萊姆的生物……」

蟲人僧侶回答驚慌失措的半森人斥候。

「不知道牠們會做什麼。小心點。」

「會小心啦……但這東西黏呼呼的，感覺好噁心。」

女戰士愁眉苦臉地拿起長槍，不能怪她有這種反應。

或許是基於嫌惡感，後方的堂姊及女主教也壓低音量發出悲鳴。

「這……『惰眠』的法術會有用嗎……」

堂姊將短杖抱緊在豐滿的胸部前嘀咕道。你也不清楚。

你們都還留有一點施法次數，但隨便亂用的話，要是有個萬一就糟了。

「史萊姆……」女主教像在確認般重複道：「我該怎麼做？」

——別用法術。

經過片刻的猶豫，你下達指示。

「咦!?」堂姊大聲驚呼，你又說了一遍。

你告訴她「法術是殺手鐧，刀不管用的時候再麻煩妳們」，她回答：「知道了！」

「我也會做好準備。」

你背對著女主教緊繃的聲音，慎重接近在地上爬行的黏液。

你一直在練習砍人形生物，可是一旦敵人換成活生生的黏液……

該往哪裡砍才好？

「……當心。史萊姆這種生物有毒，好像還會把武器融掉。」

蟲人僧侶咕噥著「雖然無論如何都是要殺掉」，跟你一樣慎重逼近黏液。

但黏菌只是持續抖動，沒有要立刻攻擊的跡象。

噁心。你邊想邊往刀柄吐口水，慢慢用雙手握牢。

「……得盡量避免被飛沫噴到。」

你點頭回應女戰士，將緊握在手中的刀子從下段往上揮。

刀刃陷進黏液，你感覺到柔軟的觸感及砍斷水的手感，把刀拔出。

一分為二的黏液啪唰一聲化為液體，將黑色走道染上紅色髒汙。

像在砍溼掉的稻草卷。

雖說你是因為不希望刀刃砍到地板才由下往上砍，說不定這種攻擊方式比想像中還順手。

這樣講對鼓起幹勁拿著短杖的堂姊不太好意思，不過，刀劍管用對你們來說是個好消息。

「喝……！解決一隻了！不是太難纏的敵人……！」

蟲人僧侶像要解體野獸般，高高舉起反手拿著的短刀刺下去。

描繪出和緩曲線的刀刃輕易陷進黏液，結束這隻怪物的生命。

「嗯，跟剛才的哥布林比起來，好像沒那麼可怕……的樣子？」

女戰士靈活地甩動槍柄，她揮下的槍尖用力打在黏液上，把牠撈起來。

飛到空中的黏液塊砸在牆上，宛如創新的畫作，在整面牆壁上擴散開來，化為一灘爛泥。

飛沫像果實破裂似地噴得到處都是，女戰士卻不為所動。

你碎碎念道「妳不是說要盡量避免被噴到」，她笑而不語。

之後的戰鬥並不值得大書特書。

你、女戰士以及蟲人僧侶，揮舞著手中的武器將黏液們清得一乾二淨。

紅色飛沫如血般四處噴濺，從天而降，感覺起來沒帶有毒素或強酸，只是黏在身上罷了。

可是放著不管直接通過又令人不安，因此你們跟黏液纏鬥了一陣子。

回過神時，黏液塊已經消失殆盡，你們喘著粗氣杵在迷宮中。

「結束、了嗎……？」

女戰士將長槍的尾端插在地上，拿它當拐杖撐住身體，調整呼吸。

她之所以難受地喘著氣，八成是因為在先前的戰鬥中也消耗了不少體力。

你也因為連戰的關係疲憊不堪。要不是因為牆壁被黏液弄髒，真想靠上去休息。

「不過，這樣看不出來有幾隻啊……」

蟲人僧侶一面說話，一面用法袍的下襬擦拭短刀。

如他所說，地板變得跟血海一樣，紅色黏液有如一大灘水窪。

是不久前還在蠢蠢欲動的東西的下場。

牠們太過原始，所以你沒有殺掉生物的感覺，只剩下手中的疲憊感。

「我想大概是四隻或五隻……有人計算嗎？」

「我聽見六個爬行聲……」

女主教困惑地微微歪頭，用看不清的雙眼四處張望。

你一頭霧水，拿刀尖劃過黏液海。

你也覺得是六隻，牠們一動也不動，應該收拾掉了。

「算了，怎樣都好……」

「哪裡好。」堂姊鼓起臉頰。「我根本沒機會用殺手鐧。」

「要說的話咱也沒事做啊，這裡又沒寶箱。」

半森人斥候安撫著鬧起脾氣的堂姊，從行囊裡拿出水袋。

你效法他，甩掉刀上的血拭去髒汙，將刀收進刀鞘，在行囊裡摸索。

拔掉栓子，喝了一、兩口水。微溫的水滋潤了乾燥緊繃的喉嚨。

——再說一遍，這不是任何人的錯。

你們因為剛經歷一場戰鬥處於疲勞狀態，氣氛鬆懈下來。

如果馬上又要面臨戰鬥，實在很難再次綳緊神經。
就算辦得到好了，身體的疲勞也不會恢復。離萬全狀態相去甚遠。
再加上出現的是乍看之下軟弱無力，一擊就能擊倒的黏菌群。
要責備在戰鬥中放下心來的你們大意或輕敵，或許過分了些。
因此，這不是任何人的錯。
硬要說的話——
「啊!?」
——硬要說的話，你沒看見爬上牆壁的紅色黏菌，可以稱之為失誤。
慘叫聲傳來時，為時已晚。
你扔掉水袋回過頭，女戰士的臉消失了。
她美麗的容顏，被從天花板掉下的黏液徹底覆蓋住。
「嗯……!!嗯嗯嗯嗯嗯……!?」
吐出氣泡的聲音，隨著含糊不清的悲鳴響起。
女戰士倒在地上用力往臉上抓，在黏液海中掙扎。
你試圖將她身上的黏菌扒開，那雙修長的腿卻不停亂踢，用力踢中你的腹部。
但你不能放手。
女戰士應該也很拚命。她全身被黏液纏住，不斷抵抗。

「糟糕，她會溺死！」

蟲人僧侶著急地大喊，跟你一起按住她躁動的四肢。

沒錯，在地面溺水就是指這種情況。女戰士在地面溺水，即將送命。

千萬不能忘記，小鬼才是最弱的怪物。

這些黏液看到機會就會像這樣撲到獵物臉上，令其窒息而亡，再吃乾抹淨。

「喂，用短劍把史萊姆砍下來！」

「這樣會砍到臉！」

「總比沒命好吧！」

「太殘忍了……！」

半森人斥候膽顫心驚地拿著短劍走過去，卻因為黏液太滑的關係砍不下來。

再靈活的指尖，都無法抓住活生生的黏液。

你抓住女戰士的腳踝，試圖讓她冷靜下來，腹部被踢了好幾下。

你壓在她身上，深刻感覺到女戰士的腳在抽搐。

「嗯……嗯嗯……!?」

然而，你也清楚感覺到她的動作逐漸變慢，失去力氣。

她的生命之火快熄滅了。這樣下去不妙。

可是，你想不到好主意。焦急的心情占據腦海。

得快點想辦法——

「……！對了！」

因此，你沒注意到堂姊對女主教說了什麼。

女主教困惑地望向堂姊，緊抿雙唇，啪噠啪噠地跑過來。

「嗯？妳要做什麼……？」

「失禮了。請容我之後再說明……」

她無視蟲人僧侶的疑問，跪在痛苦掙扎的女戰士身旁。

一隻手放在女戰士的臉前，另一隻手則放在平坦的胸前祈禱。

「印夫拉瑪拉耶（點火）……印夫拉瑪拉耶（點火）……印夫拉瑪拉耶（點火）！」

火舌瞬間竄起。

具有真實力量的話語製造出的火舌，轉眼間在黏菌身上蔓延開來。

「————————！？！？！？」

黏液塊發出無聲的哀號扭動著，半森人斥候立刻伸出手。

「趁現在！」

他毫不畏懼火焰，抓住黏菌，迅速拿刀一劃。

黏菌瞬間從內側炸開，紅色黏液飛濺。

那隻怪物跟同胞落得同樣的下場，大概是沒了維持形體的力量。

「怎麼樣？還活著嗎……!?」

蟲人僧侶探頭觀察女戰士的臉色，你配合他的動作，從她身上讓開。

女戰士面無血色，亂掉的頭髮貼在臉頰上。

兩眼圓睜，嘴巴一開一合，如同被拍上岸的魚。

「啊………咿……啊……」

——她沒辦法呼吸。

你馬上下達判斷，撐起她的身體把手貼在背上，使勁一推。

「嘔……咳、噁……！」

鑽進女戰士纖細的喉嚨的黏液，從她的口中溢出。

「咳……咳！嘔……噁……噁……」

紅色的嘔吐物發出聲音濺在地上。

女戰士努力呼吸，吐出進到體內的黏液。

她蜷起身子嘔吐，發出類似啜泣聲的喘氣聲，你則在一旁撫摸她的背。

她的身體摸起來十分纖細，像要故障似地顫抖不已，但確實活著。

你深深吐氣。

「……我學過火焰的法術。」

站在旁邊不動的女主教小聲地說。

剛才施放法術的那隻手反覆張握，彷彿不敢相信自己的功勞。

「是她告訴我，用那句真言可以點火……」

「幸好成功了。」

「是的。」她輕聲回答。

堂姊溫柔微笑，默默走到女戰士旁邊，遞出水袋。

「我弟太不貼心了……請喝水。」

——這次就，嗯，原諒她吧。

你刻意沒去糾正，將女戰士身旁的位子讓給堂姊。

這時，手臂突然被人抓住。回頭一看，女戰士虛弱地伸出手，抓著你的袖子。

「……對……不……起……」

你輕輕搖頭，握住女戰士軟弱無力的手，往水袋的方向拉。

女戰士從堂姊手中接過水袋，漱完口吐出來。

你看著這一幕靠到牆上——不管沾在上面的黏液了——對女主教聳肩。

——這也沒什麼好道歉的。

你嘀咕道「反而是我該道歉」，女主教愣了下，輕輕搖頭。

「不……」

堅硬的臉頰放鬆了些，她的聲音細小卻清晰可聞。

「我不明白你為何道歉。」

★

穿過昏暗迷宮的入口，清爽冰涼的風拂過你的臉頰。

天黑了。

抬起頭，映入眼簾的是一片星空。彷彿用薄墨渲染開來的夜空中，看得見點點星光。

對面是街燈。城塞都市亮著璀璨光芒，讓人覺得跟星空融為了一體。

城市的光照亮一縷朦朧的白煙，大概是來自遠方據說有龍棲息的那座山。

「到啦……」

不曉得你們究竟在地下待了多久。半森人斥候發出疲憊的聲音。

回程比去程更可怕——你不得不這麼想。

能活著再度吸到地上的空氣，僅僅是因為骰子骰出了好點數。

你環視眾人，問他們「還好嗎」，將手放到扶著你肩膀的女戰士身上。

「……我沒事。」

她的話語簡短又無力。

在那之後，女主教和蟲人僧侶幫她治療了，但體力不是能立刻恢復的東西。臉色蒼白的她，身體一點力氣都沒有。

隱約可見的上臂雖然有點肌肉，現在卻徹底放鬆下來，看起來十分柔軟。

你簡短回答「是嗎」，建議先回旅館。慶功宴什麼的明天再說。

「我都可以。」

率先回答的是蟲人僧侶，他敲了下嘴巴。

「我身體沒那麼虛，要喝酒的話可以奉陪。」

「我……好像有點累了。」

堂姊一面照顧女戰士，一面用難掩疲憊的聲音說道，將手放在臉頰上。

「怎麼辦呢？」

女主教「咦」了一聲。她似乎沒想到會問到自己。

「這個……」

她豎起纖細的手指抵在唇上，看了看不知所措的你和扶著你的女戰士。

「……要跟大家聊天的話，我覺得明天再慢慢聊……比較好。」

「那就決定囉。」

半森人斥候制止了低著頭，想勉強開口的女戰士，硬是結束話題。

你笑著同意，聽見有人碎碎念「真是的」。肯定是錯覺。

互相攙扶的你們，在負責站崗的近衛騎士的目送下，走向城塞都市。

看見你們平安生還，近衛騎士也沒多說什麼。

八成是因為——下次你們說不定就回不來了。

因此你也什麼都沒說，只是專心向前邁進。

過沒多久，你們進到市內，人們熱鬧的交談聲像噪音似地刺入耳中。

你不禁受到震撼，但什麼事都沒發生，單純只是迷宮裡太安靜了。

肯定是因為這樣，人們的喧囂聲才會顯得特別大聲。

「回來了呢。」

堂姊喃喃說道。你點頭。事到如今，你才深刻感覺到這個事實。

——不過，會不會太吵了點？

「對啊，看起來像在辦祭典。」

「我不記得今晚是什麼特別的日子……」

女主教對半森人斥候搖頭，看起來沒什麼自信。

「……可是，我們不知道在迷宮裡待了多久，所以不好說。」

「無所謂。」蟲人僧侶冷漠地說：「要回旅館就快點。」

那當然。你穩穩撐住女戰士的身體，穿越擁擠的人潮走向旅館。

世上的冒險者旅館，大部分都在酒館二樓。

人稱冒險者公會（Guild）的組織設立後，那個傳統也沒有改變。

城塞都市的一切都遵循傳統——也就是在白天那家酒館的二樓。

你們沿著前往迷宮時走過的道路反方向前進，過沒多久察覺到跟去程時的差異。

你忽然在人潮之中、行人的縫隙間，看見一條勉強可以鑽過去的路線。

你發現自己在留意不要讓扶著你的女戰士撞到人的過程中，看見那條路。

這就是進過迷宮一次的人，和沒進過迷宮的人的差距吧。

你不後悔，但你之前為了保護女主教而挑釁那些人，真是不要命。

「……嗯，可以了喔？」

靠近酒館時，女戰士忽然扭動身子，搖頭叫你放開她。

往下一看，她移開目光，低著頭不讓別人看見臉。

你滿臉疑惑，這時一名冒險者從旁經過，身上的裝備晃得喀啷喀啷響。

你恍然大悟，徵詢同伴的意見。

「沒差啦，沒差啦。都這個時候了，被同行看到又不會怎樣。」

半森人斥候奸笑著回答。

「差點沒命就已經夠丟人了，就讓她繼續丟臉唄。」

「……你給我記住……」

女戰士抱怨的聲音也有點虛弱。

你笑著繼續前行，又有一群冒險者的團隊從旁經過。

街上熱鬧得不得了。你得費一番工夫才能保護好女戰士——雖然你並不會吝於付出勞力。

如同其他人剛才的疑惑，這個狀況簡直像在舉辦祭典。

大街上的行人除了冒險者外，還有其他居民，都一樣神情亢奮。

「跟白天的氣氛差好多喔。」

堂姊對你說。看起來並不是因為天黑的關係……

穿過酒館的門後，熱鬧的程度達到了最高潮。

一踏進酒館，籠罩你們的是令人耳鳴的歡呼聲。

當然不是獻給你們的，即使如此，那個氣勢還是足以嚇到人。

最令你們困惑的是——

「歡迎光臨——！」

美麗的女侍們笑容滿面地迎接你們。

「……怎麼了嗎？」

也沒什麼，但你不曉得該如何跟女主教說明。

因為女侍們頭上有對晃來晃去的兔耳，雖然她應該看不見。

而且還穿著極度暴露的煽情服裝，看起來實在不像女侍。

「……眼睛都不知道該往哪看。」

蟲人僧侶敲著嘴巴咕噥道。

「我不怎麼介意就是了。」

「真的嗎？」斥候瞇眼看著他，他敲了下嘴巴。

大概是看不下去這群沒出息的男人，女戰士嘆了口氣。

「……真是的。不用管啦……因為大概還跟你們沒關係。」

「是、是嗎……那就好。」

女主教點頭，她的態度與其說半信半疑，更接近一頭霧水。

不過，到底在吵什麼？

你正準備開口詢問，**再從姊**的手肘制止了你。

「那個，不好意思。」

「啊，好的，要點餐嗎！」

被叫住的兔耳女侍啪噠啪噠地跑過來。

近距離一看，堂姊為那身服裝瞠目結舌，紅著臉移開目光。

「那個，我想請問……今天有什麼活動嗎？我們剛剛才回來。」

「噢！」女侍笑著點頭。

「其實是有人發現通往地下三樓的樓梯！」

你驚訝得瞪大眼睛——不是因為女侍豐滿的胸部，而是那句話。

「死」的威脅逐漸在四方世界蔓延，迷宮探索則遲遲沒有進展。

你為了打破僵局，來到這座城市，看來被人搶先一步了。

「看，就是那個團隊。很厲害對不對？」

女侍指向這麼一大群人的中心。坐在圓桌旁邊，經驗老到的冒險者們。

紅髮僧侶、獸人戰士、銀鎧劍士、魁梧魔法師、老隱者、嬌小沒存在感的銀髮少女。

看見威風凜凜地坐在中央的金剛石騎士，你吐出一口氣。

他穿著閃亮的裝備默默喝酒，沒有表現出絲毫疲態。

一切都大不相同。

不是什麼搶先一步的問題。

他們肯定在地下二樓經歷過精采的戰鬥，得到財寶，住在皇家套房。

跟在地下一樓因哥布林和史萊姆陷入苦戰的自己，力量（Level）差太多了。

「……」

女戰士看著金剛石騎士的團隊，比剛才還要慌張地低下頭。

你輕輕呼氣。真的是，一切都大不相同。

「？……你怎麼了？」

堂姊忽然開口，你搖頭表示沒什麼。

你將下意識握緊刀鞘的手拿開，做了個深呼吸。

然後問女侍能不能借馬廄給你們過夜。

★

說到沒錢的冒險者要住哪裡，沒有比免費出借的馬廄更適合的地方。

對幾位女性成員而言，這邊應該很難睡，所以你們借了簡易床鋪，男性則默默睡在稻草堆上。

蟲人僧侶說「把外套鋪在上面睡就行了。至少對我來說」。

你跟半森人斥候也學他這麼做，但你實在睡不著。

不是因為馬的味道。也不是因為稻草堆睡起來不舒服。

你不覺得自己至今以來度過的生活，有奢華到讓你在意這點小事。

恐怕是疲勞與緊張，再加上興奮的情緒使然。你下達結論。

身體累得像一灘爛泥，誤認自己仍然身在戰場的大腦卻不允許你入睡。

這也是你還不成熟的證據。看看蟲人僧侶和半森人斥候就知道了。他們睡得很熟。

你盯著昏暗小屋的天花板發呆，不久後決定離開稻草堆。

將抱在懷裡的彎刀配戴於腰間，來到馬廄外，一陣風吹過。

是你從迷宮來到地上時也有感覺到的夜風。

冷風吹得你瞇起眼睛，你發現黑色夜空中亮著燦爛的白光。

本以為是雙月或繁星，抬頭一看，結果是酒館和旅館窗戶透出來的光，你不禁失笑。

你就這樣漫無目的地走向旅館後面。

沒有目標也沒有想去的地方。硬要說的話，是因為你想看窗戶透出的燈光。

不是只有繁星及雙月稱得上風雅。

既然那些燈光全是冒險者的住處，就有觀看的價值。

你邊走邊想起不久前看到的金剛石騎士。

同時想起你們經歷過的稱不上死鬥的死鬥。

——到頭來，那就是**差距**。

因一個寶箱而一喜一憂，跟下等怪物苦戰的你們，和最前線的冒險者的差距。

你並不覺得憤怒、不甘、悲慘，只是接受了那純粹的事實。

為了冷卻悶在體內的熱度，你吸進冰冷的空氣，吐氣。

然後拔出腰間的刀，拿到從窗戶透出的燈光底下看。
你仔細檢查今天為你殺出一條血路的刀刃，確認釘釦是否有固定住。
刀不是單純的武器——指導你劍術的師父是這麼說的。
刀位於自己的身體、技術、心靈的延長線上，乃自身的一部分。
因此要將全部視為一體。心、技、體和刀，配合意志及動作。此乃知行合一。
——你當然尚未抵達那個境界。
你能做到的只有遵從師父的教誨，至少不要疏於保養刀刃。
難怪那麼多人追求名刀、名劍、傳說中的妖刀。
但你那把量產品的刀也不容小覷。
至少今天，救你一命的就是這把散發黯淡光輝的刀。
「——呵呵。在做什麼呢？」
忽然從上方傳來的聲音，令你猛然向後跳去，抬頭一看。
她在那裡。
穿著一件粗糙的睡衣從窗邊探出上半身，撐著頰俯視你的女性。
「啊哈。討厭，幹麼那麼驚訝。」
女戰士瞇起眼睛，像在鬧彆扭似地噘著嘴，大概是覺得你吃驚的模樣很有趣。
那裡應該是放置簡易床鋪的房間。你喀嚓一聲，把刀子收進刀鞘。

你問她「身體沒事了嗎」，她輕笑著回答「沒事了」。

「我只是不能呼吸而已，又沒受多重的傷。」

那就好，但你希望她不要逞強。

你本想勸告她，不過簡易床鋪在大房間。堂姊跟女主教不是跟她同房嗎？

「她們都已經睡了。睡得很熟，可能是累了吧？」

可惡的**再從姊**。聽見你的抱怨，女戰士又笑了出來。

有什麼好笑的？瞧她瞇起來的眼角都笑出眼淚了。

她拭去淚水，喃喃說道「對不起喔」，再度提問。

「欸，那個人是你姊嗎？」

不是。你斬釘截鐵地斷言，加以更正。是堂姊，比你早一點出生而已。

「這樣呀。那你們感情真好。」

關於這一點，嗯，你並不否認。堂姊雖然粗心大意，棋盤翻過來她都不可能淪為惡人。

「太晚睡的話，小心我跟你姊告狀喔？」

她不也沒睡嗎？

你如此反駁，她老實地承認「對呀」，接著便陷入沉默。

你為她的反應挑眉，表示如果她有什麼想說的，你願意聽她說。

女戰士沉默了一會兒，你補充道「不想說也沒關係」。
儘管不是毫無興趣，那些全是她的私事。你沒資格插嘴。
你得出結論，想著要不要去練刀算了，這時女戰士終於開口。
「明天好好跟大家說之前……」
從口中洩出的聲音細不可聞，彷彿會不小心漏聽。
「……我得先為今天的事道歉。」
妳指的是哪件事？
你故作無知，她搖搖頭，筆直凝視著你。
「我很高興你和那孩子關心我……但你可是頭目喔？」
她的意思是，管理團隊的戰力是你的職責。
捨棄拖油瓶或絆腳石不會有壞處。那是為了雙方好。
畢竟冒險要賭上性命，一舉手一投足都會直接影響到生死。
原來如此，頭目真是責任重大。
你悠哉地說。女戰士眨眨眼，一副不明白你在說什麼的態度。
她好像誤會了，你並沒有把這次的失誤看得多嚴重。
再說，絕境是用來**陷入**的。
與其拚命閃躲，不如一開始就做好覺悟前進。

在這個前提下，你們這次脫離了困境。那有什麼問題？

再說——你笑著說道。要是你因此把她趕走，那才會被堂姊罵。

「……是嗎？」

女戰士聽了雖然略顯困惑，還是輕輕點頭。

「那就好。」

很好，看來她的疑問解決了。

你點頭，然後緩緩拿好刀，舉起來又揮下。

砍斷風的嗡嗡聲慢了一拍傳來。你檢查了一下關節的動作，再揮一次。

如此反覆，就做到體內的熱度冷卻為止吧。

她在上方看著你揮刀，輕笑出聲。

「那我要去睡囉？你要是太晚睡，我真的會去告狀。」

你點頭回道。晚安。明天見。

她沒有馬上回應。刀起，刀落。

過沒多久，關窗的聲音傳來時。

「……嗯。明天見。」

你確實聽見了那句輕聲細語。

明天見。很好的一句話。有明天。還有明天。

你還不夠成熟，同伴也有青澀之處，迷宮幽深，前輩將你們遠遠拋在後頭，怪物又難纏。

不過，還有明天。

你活著，同伴平安無事，迷宮不是不能應付的敵人。

還有明天。

你懷著這份心情舉起刀，精準地斬裂虛空。

「討厭！不要過來啦……！」

女戰士發出帶哭腔的尖叫，甩掉纏在身上的黏液塊。

被槍尖挑起的史萊姆撞在牆上，啪一聲破裂。

——好了，這是第幾隻了？

你看著女戰士像揮舞木棒的幼童般跟黏菌戰鬥，不經意地心想。

「我受夠了……！」

明明已經殺了不少隻黏菌，她對黏菌的厭惡感卻與日俱增。

不過看似鮮血的紅褐色汙水淋了她滿頭的模樣，實在讓人忍不住發笑。

「老大，裡面好像還有東西！」

聽見負責偵察敵情的斥候的聲音，你迅速行動，直線衝刺。

通道模糊的輪廓線的另一端，出現怪物模糊的影子。

或許是迷宮的瘴氣所致，想看穿怪物的真面目相當困難。

——在不知道敵人是什麼東西的情況下，最好把他當成龍。

若要聽從師父的教誨，代表那東西遠比史萊姆的屍體更具威脅性。

你毫不猶豫，往形似骸骨的影子揮刀。

瞬間，瓷器破裂的清澈聲音響起，敵人劇烈搖晃。

鮮血並未噴出，取而代之的是白色碎片四散，擦過你的臉頰，消失在身後的黑暗中。

——狗的骸骨（Undead Kobold）！

「好，『解咒』應該對這東西有效……！」

你大聲喊出敵人的真面目，蟲人僧侶回應你的聲音，結起法印開口說道。

充滿霉味，讓人喘不過氣的地下迷宮中，頓時吹過一陣清爽的風。

那是守護旅人的交易神的祝福之風，骸骨兵在它的吹拂下，立刻開始腐朽。

推測是進入這座迷宮探索而命喪於此的犬人，或是受到迷宮之主招攬的不祈禱者。

在冒險者界無人能斷定其由來的怪物，連獸人都暫且稱之為狗的骸骨。

不管怎樣，對於想節省法術次數的你們來說，這樣就能解決的亡者是可貴的存在。

然而……

「還在動！」

後方傳來堂姊尖銳的聲音。

實際上，雖然關節的動作變得遲緩許多，骸骨仍未停止動作。

你迅速將彎刀拿在左後方的下段，腳底於地面滑動，計算距離。

沒必要警戒，但迷宮的常理就是什麼事都有可能發生。

「無所謂，這樣就結束啦！」

半森人斥候快步從你腳邊跑過，下一刻便用短劍的劍柄擊碎腰骨。

亡者們馬上崩解，彷彿連接骨頭的絲線斷了。

雖說沒有見血，碎掉的骨頭掉進黏液海的景象實在驚悚。

不過，聽說「死」的力量類似病毒，有時連轉生術都不管用……

大概是因為這裡屬於迷宮上層吧。還算應付得來。

「我是不是也該去幫忙……？」

女主教滿不在乎地用天秤劍擊碎剩下的黏液，歪頭詢問。

你提著刀戒備周圍，搖頭否定。

不肯拿出全力當然有問題，不過隨時都全力以赴的話，很快就會沒力。

既然已經順利排除敵人，這樣就足夠了。女主教聞言，微微揚起嘴角。

「那就好……還、還有，那個，可以請你幫我看看地圖嗎？」

她愧疚地說「因為我畫到一半」，你毫不介意。

墓室也就算了，剛才是隨機遭遇（Random Encounter）。就算你們有所準備，終究事發突然。

你擦掉刀刃上的髒汙，收進刀鞘，接過女主教提心吊膽遞過來的羊皮紙。

——厲害。

你光看一眼就讚嘆出聲。不是技術好，而是畫得很仔細。

雖說迷宮是由構造統一的區塊相連建造而成，繪製地圖是雙眼受傷的她的工作。

用木炭畫出細長通道，寫滿註解的那張地圖，已經把地下一樓的大多數區域填滿。

「可是，遊蕩怪（Wandering Monster）都不會掉寶箱哩。」

「隨便。反正可以當成一次經驗。」

斥候在怪物們身上搜著，你望向在他旁邊戒備的蟲人僧侶，蟲人僧侶聳了下肩膀。

他確實有指導女主教，但剩下都是她靠一己之力畫出來的。

你說「畫得很好，沒有問題」，將地圖還給女主教，女主教臉上浮現微笑。

「真的嗎？那就好……」

說謊只會害到大家。

你拍拍她的肩膀讓她放心，吐出一大口氣。

你們已經在迷宮裡打滾了一段時間，總算逐漸適應。

你不會因此鬆懈，不過……

「的確，大家都變得很習慣了呢。」

你警告笑咪咪的堂姊不可大意，面向最後的同伴。

「嗚嗚……我沒事，我這輩子絕對不會再對史萊姆手下留情……」

女戰士癱坐在迷宮的地板上，仍然在碎碎念。

你苦笑著將手帕扔給全身被淡粉色液體弄溼的她。

「謝謝。」她無力地擦拭臉頰及黑髮，似乎沒有受傷。

黏液塊擅長從頭頂掉下來偷襲，覆蓋臉部，但並不是沒有其他長處。

簡單地說就像裝滿的水袋迎頭砸過來，衝擊力並不小。

即使不是傳聞中的強酸性黏菌或毒黏菌，遭到偷襲可不是小事。

……不過。

「……嗯，我沒受傷喔？討厭……得切換心情才行。」

過沒多久，她站起身，甩動長槍，如她所說努力切換心情。

然而經過這段時間的相處，你隱約感覺得到她沒什麼精神。

史萊姆真的很喜歡女戰士，還是該說討厭呢……

看到她每次遇到史萊姆都會被纏上，你實在不知道該如何安慰。

當然，她沒有犯下跟第一次一樣的失誤，可是每次都會被黏液纏上，弄得滿身溼。

至於原因，瞧她最後將手帕按在臉上的模樣，就能察覺一二。

除去她站在隊伍最前方的這一點，或許是她對黏菌表現出驚恐、畏懼的那一瞬間所致……

「嗯……好……好。沒事了。」

……怎麼說呢，這座迷宮不是只有史萊姆。

面對其他強敵時她很可靠，也會願意挺身作戰，所以一點問題都沒有。

「啊，手帕我之後再還你一條新的喔？」

你其實不介意，她卻把溼掉的手帕擰乾，折好後收進行囊。

好吧，她的好意你就感激地收下了。

你無視笑咪咪地看著這邊的**再從姊**，做了個深呼吸。

戰鬥結束了。沒有殘敵。同伴們沒受什麼傷，體力消耗輕微。還不需要回到地面。

你下達結論，望向待在隊伍（Party）更後方的兩人。

裝備簡陋——其實跟你們差不了多少——的兩位少女。

她們因為面露懼色的關係，顯得更加年幼，不過實際年齡應該約十五歲，剛成年。

你詢問她們是否能繼續探索，兩人用力點頭。

「可、可以，我們還撐得下去。」

那就好。

你的經驗也沒多豐富，除了自己跟五位同伴外再加上這兩人，你無法隨時顧及全員。

戰鬥時就更不用說了，你誠心慶幸有讓她們待在後方。

剩下的問題是她們的目的地……走這條路沒錯嗎？

「那個，前面有間墓室……」

「嗯……穿過去之後，更裡面有間房間……大家應該都在那裡等。」

你點頭，內心卻在嘆氣。

進過一次迷宮的人跟沒進過迷宮的人，力量差距極為顯著。

何況是進過迷宮好幾次的你們，跟只有一次經驗的人。

在這種狀態下進到這麼深的地方的她們，只能說有勇無謀。

但這絕不代表你們在迷宮中稱得上強者。

明明沒有多餘的心力幫助人，虧你還敢答應她們的請求。

更何況——是幫助要去救人的人！

自己不小心扛下來的責任，重得令你下意識又嘆了口氣。

★

回想起來，事情說不定在早上，你們圍著桌子聊天的時候就開始了。

「我覺得錢果然還是交給老大管理比較好。」

半森人斥候扔出兩張手中的卡牌（Carta），要求換牌。

「誰都行。我可不想因為錢的關係在迷宮裡起爭執，白白送命。」

蟲人僧侶接過卡牌，邊說話邊從牌堆裡抽出兩張，還給斥候。

冒險者們在酒館裡圍著桌子玩卡牌遊戲，在這座城塞都市是稀鬆平常的景象。

從早晨到中午，溫暖的陽光從窗戶灑落，把店裡照得暖洋洋的。

經過數日的冒險及休息，成為你們的固定位置的圓桌亦然。

進到店內，兔耳女侍會露出心領神會的表情，笑著帶你們到這張桌子入座。

——然而，那也僅限於你們還活著的時候。

你們沒有泡在酒館，但探索前後，都會在假日的早上於這裡碰頭。

因此看過好幾次這樣的景象。

早上還圍在角落的桌子旁邊的冒險者團隊，到了傍晚還沒回來。

天亮後圓桌依然空無一人，隔天由穿著全新裝備的另一支隊伍占領那個座位。

連這都是這座城塞都市的日常。

在你們之前，肯定也有其他人坐過這張桌子。

在你們之後，恐怕也會有人使用這張桌子，不會改變。

「……那你呢？」

這句話將你的思緒拉回現實，你低頭看著手邊的卡牌，遞給蟲人僧侶一張。

提議玩這個「核擊」卡牌遊戲的當事人，以專業的動作從牌堆裡抽出一張扔出去。

你接過那張牌，盡量保持面無表情，問其他人是否該由自己負責管理金錢。

「這個嘛，姊姊我很擔心你會不會亂花錢。」

閉嘴，**再從姊**。你瞪向將手抵在下巴，憂鬱地嘆息的她。

喜孜孜地同意玩卡牌遊戲的**再從姊**，不曉得在想什麼。

無論如何，在亂花錢這方面，**再從姊**沒資格說你。

「但這也是一種經驗。別擔心，姊姊會為你加油！」

你實在不服氣，不過她應該是贊成把錢交給你管的意思。

總之——包含你在內，目前共有四個人圍著放早餐及卡牌的圓桌。

照理說該等剩下兩人到了再商量這件事，但你也贊成要把資產整理在一起。

先不論持有者是不是自己，能清楚掌握團隊的預算是件好事。

畢竟成員的裝備品質不只會影響個人，而是關乎所有人的生存率。

前方的戰士因為沒錢而買不起鎧甲，後方的施法者生命也會受到威脅。

只要不會有分配不均的狀況，整個團隊共用同一筆資金較有益處。

「妳要換牌嗎？」

「嗯……我想這樣應該就行了。」

堂姊微微歪頭，不曉得到底有沒有理解遊戲規則。

「挺有自信的。」蟲人僧侶的複眼閃過一道光，攤開手牌。「『閃電（Lightning）』。」

你扔出「力箭（Magic Missile）」的牌型，半森人斥候嘖了一聲，攤開組成「惰眠（Sleep）」的卡牌。

剩下堂姊了。你催促她，她困惑地翻開手牌。

「呃，我想這樣應該有湊出牌型，如何？」

「核擊」。

蟲人僧侶默默扔掉手牌，將桌上的葡萄乾全部推給堂姊。

「呵呵呵，我就收下囉。」

「可惡——搞不懂大姊是會賭博還是運氣好。」

半森人斥候說，這一點你也不明白。

堂姊粗心大意，做事不得要領，苦頭倒是從來沒吃過。

把她當成冒險者看會覺得胃痛，運氣卻很好的意思……

「不、不好意思，讓各位久等了！」

這時，小跑步朝你們跑來的腳步聲，從酒館的喧囂聲中脫穎而出。

轉頭一看，女主教紅著臉高興地跑向圓桌，頭髮都亂了。

她平常好像都會把頭髮放下來，你也是跟她共同行動過後才知道的。

你幫她拉開椅子，她輕輕坐下，用手梳理亂掉的頭髮。

「我早上去寺院祈禱，結果不小心待得比想像中還久……」

「呵呵呵，早安。偶爾去寺院散個步也不錯呢。」

女戰士似乎有陪她一起去，悠閒地入座。

這樣你的團隊，你的同伴就到齊了。

女戰士眼尖地看見桌上那些大戰的結果，默默瞇眼。

「你沒**作弊**吧？」

「才沒有。」斥候噘起嘴巴。「大家都被大姊贏光啦。」

女戰士輕笑著揶揄他「你好遜喔」，旁邊是不知所措的女主教。

堂姊看著兩人笑出聲來，將戰利品推到她們面前。

「來來來，兩位要不要也吃點葡萄乾？一個人根本吃不完。」

你們三位男性睡馬廄，其他女性則睡在有簡易床鋪的大房間。

並不是因為女性就要有特權，只是一點貼心之舉罷了。

在同一個房間過夜的她們，晚上是如何度過的，你無從得知。

不過，看來男女雙方都一樣，不會因為住在同一個房間就所有人一起來酒館。

今天八成是堂姊吵著說要早點吃早餐，才跟她們分頭行動。

女戰士陪女主教去寺院祈禱，倒是跟她的形象不太符合就對了……

「呵呵，怎麼啦？」

她的微笑老樣子看不出情緒，你搖頭回答「沒什麼」。

大概是考慮到女主教視力不好，特地陪她去的。這樣想就說得通了。

現在更重要的是，團隊的資產該如何管理。

等兩人點完早餐，你建議討論這個問題，女主教拍了下手，抬起頭。

「那、那個，我覺得由頭目管理最適合。」

這句話可以說是純粹的信賴，你露出難以言喻的表情。

「人家真喜歡你耶。」

語帶調侃的女戰士立刻靠到你的手臂上。

「我好想要新裝備喔……？」

嘖，放手。你甩動手臂，她便笑著離開你。

堂姊見狀「唉唷」了一聲，豎起眉頭瞪著你。

她彷彿在說「怎麼可以對女生這個態度」，要生氣的話拜託去找女戰士，不要找你。

這個可惡的**再從姊**。

看你在抱怨，蟲人僧侶判斷是時候了，開口說道：

「那麼，今天有何計畫？」

從女戰士剛才的發言及態度來看，好像沒人反對由你負責管帳。

既然如此，接下來就該以頭目(Leader)的身分決定行動方針，此乃自明之理。

「我們有錢。要去採購嗎？還是因為剛休息過，今天要去探索？我都可以。」

「哎，咱們也存了些錢，是時候整頓裝備了……」

半森人斥候從雜物袋中取出上次探索的收穫，一個個放到桌上。

金幣也就算了，從寶箱裡取得的武器等裝備，得弄清楚價值才行。

「地下一樓八成不會有多好的東西。」

「對呀。二樓應該就不一樣了……」

女戰士點頭附和蟲人僧侶。畢竟地下一樓的怪物並不強。

你們成長得勉強能在地下一樓安穩戰鬥了。

意即終於能跟哥布林和狗頭人殘骸之類的生物勢均力敵。

從這座迷宮裡最低階的怪物身上獲得的收穫，當然也是最低階的。

在城塞都市外面的話，連這種程度的貨色都能賣到一筆錢，不過……

「老大，路還很長哩。咱們就老老實實地賺錢，直到進入迷宮的最深處吧！」

半森人斥候握緊拳頭。他說得沒錯。

「那就麻煩妳囉。」

堂姊向女主教低下頭，她輕輕點頭。

「好的。那麼，失禮了。」

女主教垂下視線，將手伸向放在桌上的東西。

她蒙受神明賜予的鑑定權能，是相當了不起的能力。

實際上，因為無法辨別物品而委託店家鑑定，必須支付高額的報酬。

畢竟許多冒險者都不擅長做生意，難以鑑別戰利品的好壞。

而且就算乍看之下生鏽腐朽，也有可能是魔法武器。

至少如果不想在這座城塞都市的冒險之旅上吃虧，鑑定技術是必需的。

對於還是新人又手頭緊的你們來說，女主教的存在十分可靠。

當然不僅限於鑑定能力，操縱法術及神蹟的才智，在迷宮裡也很有幫助。

這樣的話，其他冒險者為何異常輕視鑑定師，實在令人疑惑……

「現實就是如此。」

蟲人僧侶壓低音量，大概是在顧慮專注於鑑定上的女主教的感受。

「我有付錢，他們會照我的意思做，有這種觀念會讓人態度變驕傲。每個人都一樣。」

而且還是輸給小鬼的人。最後這句話小聲得近似耳語。

哎，總會有這種事吧。你心想，哪有人百戰百勝的。

「我還聽說過寒酸男的傳聞。」

蟲人僧侶「喀嚓」敲了下嘴。

寒酸男。

陌生的詞彙令你面露疑惑，半森人斥候開口說道：

「是那個對吧，冒險者的末路。為了錢財潛入迷宮，在探索過程中把同行也當成獵物。」

「還有這樣的人呀？」

堂姊驚訝——不，半信半疑地睜大眼睛。

她大概不太習慣這種人類的惡意。你覺得這是她的優點。

然而，你認為這不是不可能。

不管是好是壞，人類這種生物，沒有當事人想得那麼了不起。

畢竟世上到處都是人渣畜生，更重要的是，「心魔」無所不在。

「有呀。」

因此，女戰士忽然咕噥道，令你深感意外。

「寒酸男真的存在。」

她又說了一遍，有如看見幽靈的小孩。

像小孩子因為大人笑著說不相信，鬧起脾氣、畏畏縮縮、嘛起嘴巴的樣子。

你心想「原來如此」。既然她說「有」，那就一定是有吧。

女戰士沒有再多說什麼，因此你做出結論，等待女主教鑑定完。

想說什麼等想講的時候再說就行，沒必要主動干涉。

「哎呀，你看起來很期待。跟小孩子一樣。」

因此女戰士刻意裝出笑容對你送秋波，你也沒有否認。

無論她的意圖為何，你期待鑑定結果是事實。

但這些畢竟只是迷宮表層的戰利品。

明顯不會是多好的東西，你還是忍不住期待。

雖然你對於現在這把量產品的刀沒有不滿，搞不好會拿到傳說中的妖刀……

思及此，心情有點興奮也很正常。

「可是上次的探索有找到劍嗎？」

再從姊納悶地插話，你回答「要期待是我的自由」。
你們找到了神祕的武器，而且做夢又不用錢，懷著夢想又有何妨？
「鑑定好了……可是。」
不久後，女主教吁出一口氣，拭去額頭的汗水抬起臉。
你探出身子。謝謝，如何？你好奇結果。刀，有刀嗎？
「不，那個。沒什麼好東西。都是生鏽的短劍，或爛掉的皮甲……」
豈有此理。
面對困惑的女主教，你提議「沒辦法，拿去賣吧」。
不管怎樣都是一筆收入。沒錯。這種武器就拿去賣吧。
「如果你想好好留著，是無所謂，賣掉比較賺就是了。」
「對啊對啊。」
兩位男性輕拍你的肩膀安慰你，但你不用看也知道，他們臉上帶著似笑非笑的表情。
你怨恨地瞪過去，堂姊笑著點頭。
「那今天就休息吧？」
「哇，出門買東西囉。」
太棒了。女戰士像個天真無邪的少女歡呼道，沒人明白她的真意。

總之，該由你做決定。

上街購物也可以。找人一起去也可以。刻意單獨行動也可以。

那麼，該怎麼做呢——

「那、那個！有人可以幫忙嗎！」

你正準備開口，少女的聲音忽然響徹酒館。

她的聲音無法蓋過酒館的喧囂聲，一下就被吞沒。

聚在這邊的冒險者也只是瞥了門口一眼，沒有其他反應。

他們並不是沒血沒淚。恐怕是因為判斷伸出援手也不會有任何好處。

轉頭一看，站在那裡的是兩名看起來可憐兮兮的少女。

將頭髮綁成可愛馬尾的少女，以及長髮梳得整整齊齊的少女。

職業……不會是戰士。太瘦弱了。但無疑是冒險者。

新手時期——當然，現在也沒熟練到哪去——的你，看起來也是那樣吧。

穿著店裡最便宜的防具，沒受過鍛鍊的身體纖細瘦弱。

少女們緊緊牽著手，毫不掩飾害怕得不停發抖的身體。

引起你的興趣的，是她們的眼睛。

綁馬尾的少女畏懼不已，卻努力在酒館中尋找。

明明長髮少女在旁邊說「不會有人願意幫忙啦」的喪氣話。

你嘆了口氣，環視桌前的同伴，蟲人僧侶率先開口。

「我都可以。」

那就決定了。

其他同伴帶著意味深長的表情，你詢問兩位少女「怎麼了」。

馬尾少女臉上立刻綻放笑容，長髮少女則繃緊身子。

「那、那個，其實，我們想進迷宮救人……！」

這樣啊。你刻意露出沉思的表情，故作正經地撫摸下巴。

朋友進迷宮探索，結果再也沒回來嗎？

「啊，不是，我們的朋友沒事……不過——」

馬尾少女搖搖頭，用有幾分消沉的聲音接著說：

「有點不方便行動……」

「所以我們……才來找其他人幫忙。」

聽見長髮少女的補充說明，你反射性瞪大眼睛。

「什麼，妳們兩個是自己逃出迷宮的!?辛苦啦。」

半森人斥候邀請兩人入座，叫來女侍點了熱牛奶。

蟲人僧侶見狀，像在咂舌似地敲了下嘴，從隔壁桌拉來兩張椅子。

兩位少女輕輕坐到兩人之間。

「…………」

你斜眼看著女主教默默低下頭，吐出一口氣。

「方便跟我們說明詳細情況嗎？」

這種時候，能自然地開啟話題是堂姊的長處之一。

兩位少女雙手捧著牛奶喝，看準她們稍微平靜下來，才拋出這句話。

堂姊會下意識做出刺中致命破綻（Critical Hit）的行為。

兩位少女面面相覷，不久後同時提心吊膽地開口。

「呃，其實我們跟同一間孤兒院的朋友，那個……一起成為了冒險者。」

「……這樣啊。」

女戰士以低沉的語調應聲。少女們嚇得身體一顫，繼續說明。

——簡而言之。

她們的團隊共六人。十五歲離開孤兒院後，所有人便商量要去當冒險者。

既然在這個滿溢「死亡」威脅的時代沒有未來，去迷宮賺一筆錢才是最適合的。

幸好她們所在的是附設神殿的孤兒院，受過教育，也懂得祈禱。

跟只會亂揮木棍、脫離常軌的年輕人比起來，可以說是經過深思熟慮的判斷。

數日前，一行人終於抵達城塞都市，成為冒險者。

剩下就是按照慣例。採購裝備、初次踏進迷宮、戰鬥……

「在第一個房間跟怪物戰鬥後，我們覺得還能繼續前進……」

連你都看得出來，蟲人僧侶反射性板起臉。

「……所以我們決定進到更深處，結果……」

一夥人之中，不曉得是誰先發現的。

咚一聲，彷彿來自腹部深處的低沉聲響。所有人都注意到慢了幾秒傳來的震動。

「一樓應該不會有人用那麼大規模的法術，推測是炸彈。」半森人斥候喃喃說道。

是的。馬尾少女點頭。

「其他冒險者會不會因此出了什麼麻煩……」

「姊姊——團隊的頭目是這麼說的，所以大家決定去看看。」

你咕噥道「這狀況照理說挺稀奇的」。

不僅特地去幫助素未謀面的陌生人，跟其他冒險者接觸也是。

她們說自己是第一次進迷宮，因此她們肯定不知道。

充斥迷宮的瘴氣會擾亂感覺，讓人絕對不會遇見其他冒險者。

因此冒險者不太會互助——值得慶幸的是，也不會妨礙彼此。

雖說只有地下一樓，你進過好幾次迷宮。

就你的經驗來說，從來沒遇過其他冒險者。

「然後呢？」

在你沉思之時，堂姊順口催促少女繼續說。

她平靜的語氣，肯定會讓兩位少女比較好開口。

「然後，我們調查了四周的房間。」蟲人僧侶再度板起臉。「找到了。」

「……那個……有很多人受傷，平安無事的，只有一個人……」

推測是在戰鬥中負傷、倒下，覺得不能兩手空空地回去，急於打開寶箱吧。

第一天的戰鬥閃過腦海。

當時，女戰士是在收穫財寶的回程身受重傷，若戰鬥地點換成墓室……

「所以我們在討論該怎麼辦……」

目睹現場的少女們，不知道該如何是好。

不能拋下死去的人。可是有好幾個人身受重傷。

她們雖然因為運氣好的關係，進到了迷宮深處，今天可是第一次的冒險。

她們也早已預料到，想帶著所有人回到地面有困難。

所以——

「大家決定由我跟這孩子到外面找救兵……」

你忍不住嘆氣。是出於佩服，還是出於驚訝，你自己也不清楚。
竟然靠兩個人的力量就從那座地下迷宮回來了……！
「無知真可怕……」
逞強、亂來、有勇無謀。你對蟲人僧侶這句話深有同感。
不過，該怎麼辦呢？
眼前這兩位疲憊的少女，正在小口喝著牛奶。
事已至此，總不能拒絕人家——未必不行。
到頭來，她們的事跟你們半點關係都沒有。
話雖如此——
「…………」
在你思考的時候，有隻手輕輕抓住你的袖子。低頭一看，女主教伸出纖細的手臂。
旁邊的**再從姊**則氣勢洶洶地為你加油。
半森人斥候笑咪咪的，蟲人僧侶聳聳肩膀，一副「隨便你」的態度。
「……我覺得呀。」
最後，女戰士壓低音量說道，露出燦爛的笑容。
「……男生就是要颯爽地幫助女孩子吧？」

那就沒辦法了。

你苦笑著起身，將彎刀掛在腰間。

「咦。」

「啊……」

兩位少女猛然抬頭。你困擾地搔著臉頰。

你們本來就在煩惱今天要不要去探索。

而且，你是公認的男生——也是冒險者。

§

你看所有人都準備完畢，催促他們「差不多該出發了」。

休息姿勢各不相同的夥伴回應你的聲音，在營帳裡起身。

說是營帳——其實並不是像露宿郊外時一樣，有設置帳篷。

你們使用在寺院清淨過的水描繪法陣，坐在其中休息。

雖然無法維持太久的時間，拿來保護你們不受到徘徊的怪物攻擊，調整呼吸，還是足夠的。

注意力容易分散，所以乖乖休息非常重要。

然而，也有人中了陷阱後急忙紮營，想確認情況，結果又中了同樣的陷阱一次。

歸根究柢，必須無時無刻維持冷靜，才是這座迷宮的法則吧。

——被黑暗籠罩的迷宮，不存在能計算時間流動的東西。

黑暗中，若隱若現的白色輪廓線就是一切。

沒有聲音，也沒有氣息，回過神時就會陷入萬物都靜止不動的錯覺。

判斷依據唯有全員的體力、精神力，以及不準確的自身的注意力。

淪為怪物，在迷宮徘徊的冒險者的心情，你不是不明白。

這個世界很簡單。

自身的力量決定一切。法則只有一條，勝利或死亡。

而委身於被「死」支配的氣氛，肯定比較輕鬆。

「竟然第一次冒險就進到這麼深的區域……」

你回過神來。

往聲音來源一看，堂姊正在用教訓人的語氣，跟坐在地上的兩位少女交談。

「這怎麼行，下次要更慎重一點啦！」

非常中肯的意見。前提是講這句話的人不是**再從姊**！

不過，堂姊願意照顧後輩——仔細一想，真令人驚訝——的話，真的幫了不少忙。

你竊笑著專注在關心其他同伴上。

照這情況，堂姊的法術應該用不著擔心，不過其他人又如何呢？

「神蹟還有剩。不管要前進或回去，我都還能戰鬥。」

「我也是……法術跟神蹟都有剩。」

蟲人僧侶冷淡地回答，旁邊的女主教頻頻點頭。

「啊，不過……」

她忽然支支吾吾起來。

沒體力了嗎？還是有其他問題？你開口詢問，她害臊地低下頭。

「那個，地圖的部分，我有點擔心……」

「沒辦法……拿來，我瞧瞧。」

蟲人僧侶敲了下嘴巴伸出手，女主教怯生生地交出地圖。

她做事細心，因此你不怎麼擔憂，當事人卻不這麼想的樣子。

這也不能怪她。因為自信這種東西，不是那麼好培育的。

若她能藉由讓蟲人僧侶幫忙檢查地圖，得到安心感，沒什麼不好。

「唷，老大也愈來愈像樣了喔。」

這時，半森人斥候笑著拍你的肩膀。

你在說什麼？你露出正經八百的表情，他忍住笑意。

你當然不會感到不悅。你揚起嘴角對他微笑，確認同伴的狀態。

不只女主教。

有其他人幫忙留意自己的武器或體力，會帶來安心感。

而大多數的情況下，那是身為頭目的你的職責。

「哎，咱沒問題。咱都待在後面，寶箱也沒幾個。」

半森人斥候輕拍腰間的短劍，搖搖頭。

不過，他一直都在後面警戒後方，也有關心那兩位少女。

要四處留意，代表必須聚精會神，消耗精力。

斥候和盜賊除了開鎖外派不上用場——你認為做出這種評價的人無知至極。

至少與你共同行動的他，完全不是如此。

「是說真想不到。」

想不到什麼？你詢問忽然拋出這句話的斥候，他接著說道：

「沒有啦，只是沒想到大姊會贊成去救人。」

「是嗎？」

成為話題中心的女戰士，笑容滿面地歪頭。

「頭目感覺就會幫忙……我想說也沒什麼好反對的。」

「喔，那就好。」

半森人斥候一副不知道該如何表達的態度，用這句話搪塞過去。

女戰士臉上依然掛著笑容，但反過來說，她等於在暗示自己不打算多說什麼。

散發出至少不會允許人繼續過問的氛圍。

你望向她那些有點被黏液沾溼的武器及服裝。

剛才她雖然被黏菌纏上，看來並沒有受到太大的傷害(Damage)。

「啊啊——如果史萊姆有頭就好了——這樣咱就能幫妳砍了牠——！」

「喂……我會生氣喔？」

斥候用開朗的聲音調侃她以緩和氣氛，女戰士拿起長槍。

她的動作看起來十分認真，所以你苦笑著說「沒受傷就好」。

——那麼，同伴們都關心過了，你也得檢查自己的狀態。

你重新綁緊鎧甲鬆掉的扣具，拔出腰間的彎刀，檢查釘釦有無鬆掉。

然後用唾液沾溼纏著皮革的刀柄，讓手習慣它的觸感，以免刀子從手中滑掉。

現在，墓室的門在眼前等待你們。

後輩少女說，她們的同伴似乎就在門後等待救兵。

事已至此，要是有個萬一就糟了。你必須慎重行事。

你招手叫來堂姊，她的臉上浮現笑容，朝你走過來。

「好好好，交給姊姊吧！」

嘖，可惡的**再從姊**。

你無視瞇起眼睛的女戰士，請堂姊檢查自己的武器。

纖細雪白的手指仔細地檢查武器的扣具，堂姊點頭說道「嗯，沒問題」。

「可是，墓室裡面的怪物已經被打倒了吧？那不就不必擔心了？」

「不。」蟲人僧侶否定堂姊的說法。「未必。」

嗯。你重新握緊刀，專心聆聽蟲人僧侶所說的話。

「怪物被打倒的話，短時間內確實不會出現，但牠們會重生（Respawn）。」

那就是這座迷宮怪物及財寶源源不絕的機關嗎？

誕生於墓室的怪物，以及隨之出現的寶箱。

你認為若非人為，這反而是很詭異的現象。

能夠斷定有誰在散播「死」的原因，想必也在於此。

沒人覺得奇怪嗎？還是說面對無限的財寶，人們就算覺得奇怪也會習慣呢？

同時——攻略進度緩慢的原因也是這個。大概。

「是啊。哎，雖然從賺錢的角度來看值得感激，這一點真的很奇怪。」

半森人斥候點頭站到後方，反手拿著短劍，手腕轉了圈。

女主教在他身旁反覆深呼吸，穩定心神，以便施展法術及祈禱。

「希望……不是哥布林。」

微弱的聲音因不安而顫抖。

小鬼算比較好應付的怪物，數量不多的話，你們**五個**應該就應付得來。

因此你叫她不必放在心上，她僵硬地點頭。

「嗯，對呀。別擔心，還有大家在！」

堂姊開朗地鼓勵她，露出笑容。

雖然毫無根據，能斷言得如此肯定，果然是她的才能吧。

你無奈地搖頭，對女戰士使眼色。

「請便？」

回應只有一句話。她也拿起長槍，看來已經準備就緒。

你點頭，使出渾身的力氣踢破墓室的門，殺進內部。

踩過咚一聲倒下的門扉往前衝。

你在黑暗的墓室中央，看見一群人形生物。

——是**寒酸男！**

住。

§

你擊落從黑暗中飛來的銀光，立刻往另一側橫劈。沒有砍中的手感。

當然是顯而易見的牽制。敵人有五……不，六隻。需要靠三個人的力量壓制住。

你迅速向前飛奔，占據能對付兩隻突出個體的位置，計算距離。

——果然是人類。

拉近距離一看，你再度這麼覺得。滿是汙垢的衣服及皮甲，攜帶短劍的人們。

乍看之下是冒險者，散發陰森光芒的雙眼卻顛覆了那個印象。

「怎、怎麼辦……!?」

背後傳來女主教驚慌失措的聲音。你回答，無須在意。

他們在迷宮對冒險者拔劍相向，遭到攻擊也沒資格抱怨。

「跟強盜沒什麼兩樣哩……」

半森人斥候似乎已經切換好意識，不愧是熟練者。

你用彎刀的刀背擋住男子趁你們交談時射過來的刀刃，將其擊落。

必須吸引敵人的注意力。你腳底擦地，謹慎地跟他們保持距離，淺淺呼吸。

據說吐完氣的瞬間，人類是最無防備的時候。動作前、後。去注意敵人的呼吸。

——不過，這就是傳聞中的寒酸男嗎？

「不、知道……啦！」

女戰士難得語帶困惑，在你旁邊刺出長槍。

攻擊距離偏長的長槍，在這間墓室依然有效。

銳利的槍尖劃過空中，長柄能制壓一、兩塊石地板的範圍，防止敵人靠近。

「那不重要！」

蟲人僧侶反手斜拿彎刀，擺出防禦（Parry）的姿勢吶喊。

「既然不是不死者，應該就殺得掉才對，我們上！」

各自負責兩隻——明知對方是人類，你還是用「隻」來計算——組成防線。

先不說女戰士，蟲人僧侶的本職並非前衛，可能撐不了太久。

儘管很想早點解決掉敵人，前去支援，你自己也沒那個餘力。

兩隻寒酸男動作忽快忽慢，同時從左右進攻。

其中一方的攻擊被擋下的話，就由另一方給予致命一擊；攻擊被閃開的話，就殺向後方——推測他們是打著這樣的如意算盤。

沒時間猶豫了。

你單手揮刀，架開左方的攻擊，用空出來的右手抓住腰間的短刀揮下。

短刀的刀鍔卡住劍刃。你沒有輸給那股重量，硬是跟它纏鬥在一起。

在千鈞一髮之際彈開短劍的右手，感到一陣麻痺，清脆的金屬聲響徹墓室。

雖說是情急之下的舉動，師父看到這狼狽不堪的二刀流，不曉得會作何感想。

你的嘴角卻掛著笑容，將雙刀的刀尖對著兩旁的敵人，重心放低。

很少人被人拿刀指著，還能毫不猶豫衝上前。

何況對方表現得——沒錯，並不是真正的——像個高手。

你的視線迅速左右移動，拖著步伐拉近距離。

你敢靠近我就砍下去，你不過來就由我主動出擊。

男人做好覺悟，舉起短劍朝你撲過來，你正面迎擊。

往右，往左。吐氣，流著汗，配合攻擊揮刀。

此刻的你，正在試圖成為一棵扎根在地板的樹。

宛如隨風搖晃的柔軟樹枝，只要揮動雙手即可。

一旦失去平衡，你可是會小命不保。要是變成三對一就完了。

就算沒演變成那個局面，你也不知道能用一隻手拿刀拿多久。

但——你不是一個人。

「沒辦法了……！」

「……我們上！」

堂姊彷彿要激勵自己，對仍然有些遲疑的女主教大喊。

「包含『惰眠』在內，兩回合！」

「是！」

沒道理怪她們動作慢。

你沒那個心力是事實，術者得花時間集中精神也是必然。

兩人舉起自己的短杖及天秤劍，高聲念出帶有真實力量的話語。

「索姆努斯（睡眠）！」

「涅布拉（霧）！」

「歐利恩斯（發生）。」兩位少女的聲音重合，響徹墓室。

瞬間，神祕的霧氣繞成漩渦，蓋過迷宮的黑暗。

擾亂人類的精神，勾起睡意的可怕法術，只要是為我方而使用，沒有比這更可靠的了。

跟你們交戰的男人動作迅速減緩，明顯變得遲鈍。

然而，改變世界法則的法術並非萬能，也不是完美無缺。

「抱歉！有一個人沒守住!!」

一名男子從蟲人僧侶身旁穿過，衝向後方。

不曉得是運氣好，還是精神力比其他人強大，他抵抗住了法術。
半森人斥候馬上擋在前面，以免閃爍凶光的短劍傷到兩位少女。
「什、麼……！」
只要專注在防禦上，就算無法抗衡，至少能爭取時間。
總之，當務之急是要重整態勢。
「……！」
女主教臉色蒼白，緊咬下唇，將天秤劍當成杖拿著，站在堂姊前面。
她也是冒險者，以僧侶的身分受過鍛鍊。
雖說不習慣，不至於不能戰鬥——說隊伍裡不用僧侶的人，愚蠢至極。
「啊？」
正因為情勢急迫，那不合時宜的聲音聽起來異常清楚。
半森人斥候發出疑惑的——連他自己都無法相信的錯愕聲音。
「什麼嘛，這些傢伙是流浪者(Rogue)！咱還以為是忍者，嚇得要死！」
意即沒受過正當的訓練！
——你迅速行動。
盜賊彷彿喝醉似地步履蹣跚，你往他的手腕一敲，將短刀刺進喉嚨。
接著放開短刀，踹倒屍體，順勢從下巴擊碎另一個人的頭部。

你跳過終於倒地的屍骸，衝向蟲人僧侶，在途中拋下一句「麻煩了」。

「沒問題！」

女戰士語氣輕快，身輕如燕地飛奔而出，與你擦身而過。

往旁邊一瞥，她也一樣已經揮舞長槍，解決了兩名流浪者。

意識不清的敵人，不會是她的對手嗎！

你不再關注隊伍後方的情況，全權交給她處理，雙手握住刀柄向前衝。

眼前是正在跟蟲人僧侶交鋒的流浪漢的背影。離你的攻擊範圍還差兩步，一步。

你咆哮著由下往上揮刀，往皮甲的縫隙——敵人的腋下砍。

流浪者尖叫著轉頭看向你，可惜太遲了。

你將彎刀高舉在頭上，使出渾身一擊，砸碎他的額頭。

黑暗的迷宮中噴出紅褐色血液及腦漿，如雨般灑在你身上。

「感謝……抱歉，剛才是我失誤。」

你調整呼吸，沒有放鬆警戒，一面緩緩搖頭。

你阻擋了兩個人，收拾了一個，結果應該算不錯。

那麼，後方的情況如何——轉頭的同時，你聽見模糊的慘叫。

你擦乾淨彎刀的刀刃，納入刀鞘，從屍體的喉嚨拔出短刀，重複同樣的動作。

短刀收進刀鞘的喀嚓聲，是戰鬥結束的證據。

★

——好了，大家沒事吧？

你將因戰鬥而高漲的情緒切換回來，盡量維持冷靜，環顧四周。

你的團隊雜亂的呼吸聲，在昏暗的墓室內迴盪。

血泊與屍體四散的迷宮內，有六個人站著。再加上二。總共八。

你跟你的團隊，以及兩位委託人，全員都平安無事。

「那、那個，你的傷勢……！」

女主教突然叫住你，你眨眨眼睛。

怎麼了？你不記得自己的傷勢有必要慌成這樣……

「不是，那個，手……」

經她這麼一說，你發現用來抵擋第一擊的右手仍在麻痺。

仔細一看，發現那不是麻痺。

右手血流不止。推測是在與敵人交鋒的途中，他的刀割破了護手。

意識到自己受傷的時間，疼痛隨著心跳逐漸加劇，你不禁皺眉。

傷勢不重，也沒有生命危險。想必是大腦判斷那是不必要的情報，將其切割掉了。

話雖如此，沒注意到自己受傷是你的失態。萬一敵人的武器有塗毒，那可不是鬧著玩的。

就算沒有，揮刀時慢了一步，都有可能危及生命。

「沒事吧？」

跟女主教站在一起的堂姊，擔心地觀察你的傷勢。

你點頭告訴她們你沒事，單手卸下護甲。

斜向劃過手背的傷口正在流血，你用力按住那邊。

施壓止血是初階的急救手段。

「這樣不行喔，要好好保護自己啦。」

女戰士笑著看了你一眼，語帶調侃地說。

她因為戰鬥的餘韻而臉泛紅潮，用手梳理黏在滿是汗水的臉頰上的頭髮。

說得對。你點頭。要是被史萊姆纏上，會很麻煩。

「嗯……」

你的反擊導致她鼓起因羞恥而泛紅的臉頰。

堂姊用像在罵小孩的語氣念了句「你喔」，輕戳你的側腹，這點小事不值得在意。

女戰士想了下該怎麼回嘴，蟲人僧侶在她開口的同時拍了下她的肩膀。

「去找這兩個丫頭的團隊吧。放著她們不管也沒關係的話，我倒無所謂。」

「……是——我之後再報仇。」

這句話聽起來有點恐怖。

你目送女戰士擔任蟲人僧侶的護衛，前去探索墓室，露出苦笑。

「剛、剛才那個，我認為是頭目的錯……」

連女主教都這樣講，那就沒辦法了。乖乖讓她報復吧。

總之，出血量似乎控制住了。應該不必用到神蹟，但至少該包紮一下吧。

「是的，請交給我。」

你開口拜託她，女主教看起來有點高興，開心地回答，從雜物袋裡拿出繃帶及藥膏。

「失禮了。」

她用水壺裡的水稍微清洗傷口，著手治療。

以指尖從小壺裡沾取藥膏，細心地用繃帶裹好傷口。

她的視力並不好，動作卻十分俐落，看來大可放心交給她。

那麼，剩下就該輪到我們的斥候大人大顯身手了……

「明明是一群小混混，他們好像挺有錢的哩。」

搜完流浪漢的身，半森人斥候喜孜孜地走回來。

你用左手接過他扔出的皮袋，感覺到金幣的觸感。

「除了錢，那些傢伙的武器跟防具咱也扒下來了。多少能貼補一些吧。」

斥候露齒一笑，你點頭回應。

這次的委託雖然沒收取報酬，收穫豐碩是件好事。

你如此說道，半森人斥候揚起嘴角。

「沒看到老大你想要的單刃彎刀（Sabel）。」

嘖，怎麼會這樣。你沒有生氣，不過，怎麼會這樣。

你誇張地搔頭，墓室角落傳來輕笑聲。

回頭一看，不久前還沉著臉一語不發的兩位少女，忍不住笑了出來。

一跟你四目相交，兩人便「對、對不起」縮起身子，你搖頭表示不介意。

或許是因為情況嚴重的關係，她們才鬱鬱寡歡的，但這並不能改善狀況。

這是你在迷宮學到的一點知識之一。

「這個嘛……不、不鑑定看看怎麼知道呢？」

連女主教都嘴角抽搐，藏不住笑意。

至於**再從姊**，她別過頭，笑得肩膀都在抖。

真是的。你嘆了口氣，感謝女主教為你治療後站起身。

因為你看到女戰士獨自從對面走回來。

「找到了。她們的團隊——好像全員平安。」

馬尾少女及長髮少女帶著參雜安心及不安的情緒互看。

你回答「知道了」，檢查完腰間的刀，催促同伴前行。

蟲人僧侶沒有獨自回來，你不會不明白這代表什麼意思。

★

「『我等繞行世界的風之神，請帶走他們的傷痛，助我等重新踏上旅途』。」

墓室另一側的角落，蟲人僧侶正在祈禱「小癒（Heal）」的神蹟。

四名少女面露不安，坐在疑似用聖水重畫過好幾次的法陣中。

「各位……！」

看見夥伴平安無事，兩人感動得衝過去，臉上也綻放笑容。

從她們互相擁抱、慰問的模樣看來，幾位少女雖然一副憔悴的樣子，看起來並未受傷。

「太好了。」堂姊瞇起眼睛，輕聲說道，小跑步跑到她們身旁。

「來，大家也累了吧？這裡有水和一些食物。」

真是的，她把東西藏在哪裡啊。

堂姊從行囊中拿出自己的水壺，以及碎餅乾之類的點心招待她們。

「哎呀，點心不也能當成儲備糧食嗎？」

她笑著對你使眼色，嘖，這個**再從姊**真是的。

不管怎樣，他們應該交給堂姊照顧即可。

既然如此——問題就是引發這起事件的另一個團隊了。

「狀況不太樂觀。」

過沒多久，蟲人僧侶抬起頭，喃喃說道。

「……沒救了嗎？」

半森人斥候從行囊裡拿出大麻袋，蟲人僧侶告訴他「要兩個」。

「還有人身受重傷，我有幫他們治療和祈禱神蹟，現在穩定下來了。送到寺院就行。」

「我的神蹟也……」

女主教怯生生地開口，你搖頭制止她。

你們還得回去。考慮到可能遭遇在迷宮內徘徊的怪物，你想把次數留著。

「……好的。」她乖乖點頭，咕噥道：「希望不要碰到哥布林……」

也不要碰到史萊姆——你拍了下女主教的肩膀。

「……是啊。」

僵硬的表情放鬆下來，女戰士扶著額頭嘆氣。

「拿你沒辦法。我不是怕史萊姆，只是不擅長對付……是真的喔？」

你回答「就當成這樣吧」，面向堂姊正在照顧的幾位少女。

一走過去，率先起身的是疑似頭目的年長……捲髮少女。

「不好意思，還要麻煩各位特地來救我們……」

她將手放在撐起白色皮甲的豐滿胸部前，彬彬有禮地鞠躬。

聽說她們在附設神殿的孤兒院長大，看來有學過基本禮儀。

既然如此，應該也有當冒險者以外的選擇——你心裡這麼想，卻沒有詢問。

每個人都有自己的苦衷，外人不該過問。

你迅速將等一下的計畫告訴她們，彷彿在暗示此地不宜久留。

裝在麻袋裡的屍體，以及還有呼吸的人，也必須請她們幫忙搬運。

畢竟除了六位少女的團隊，現在又多了兩具屍體，四名重傷者。

光憑你們的團隊，實在無法顧及共十二名拖油瓶。

因為人這麼多，隨時有可能被迷宮的瘴氣隔絕。

「咦咦……要我們來嗎……!?」

「妳喔。」

聽見你的提議，一名少女不滿地碎碎念，頭目立刻責備她。

少女著急地低頭道歉，你搖頭表示不介意。

不甘願的話就是擱在這邊。你都可以。

「喂。」

蟲人僧侶聞言，喀嚓喀嚓地敲嘴抗議，你笑著聳肩。

「真是的，怎麼可以對小女生講這麼過分的話！」

然而，**再從姊**的聲音緊接著從墓室角落傳來，使你閉上嘴巴。

嘖，真是的。

你一面跟**再從姊**抱怨，蹲下來將屍體裝進麻袋。

搬運暫且不提，多一點人動手裝肯定比較快。

幾位少女見狀，也連忙伸手幫助另一名受傷倒下的冒險者。

——不管怎樣，他們運氣很好。

在迷宮裡喪命的冒險者，屍體通常會被扔在原地，過沒多久就遭到遺忘，下落不明。

據說也有人化為亡者徘徊不去，或是淪為怪物的餌食、被當成玩具……

有人幫忙回收屍體的，大概只有隊伍成員特別多的人。

因為對大多數的冒險者而言，根本不該期望有人會來幫助自己。

「回程應該得慎重點……」

在你動手的期間，負責戒備周遭的女戰士低聲說道。

所言甚是。

俗話說上山容易下山難，你們的行軍速度肯定會變慢。

這也意味著會遭遇（Encount）遊蕩怪（Wandering Monster）。

無法保證一定會勝利，因此如果可以避免，你想盡量減少戰鬥的機會，然而……

「……希望不要出現哥布林。」

女戰士忽然嘟囔道。

她的視線前方，是跪著為死去的冒險者祈禱的女主教。

你綁緊屍袋的袋口，點頭同意。

不只哥布林，史萊姆最好也不要出現。

「討厭，每次都拿這個鬧我……」

她輕輕用長槍尾端戳你的腳，臉上掛著微笑。

明明不會痛，你卻隔著護腿撫摸被戳到的部位，向眾人發號施令。

「來囉。是說老大，回程不會進墓室吧？」

半森人斥候立刻跑過來，笑咪咪地問你。

除非有意外，否則你不打算繞路，也沒那個心力。

你這麼回答，他點頭附和，豎起食指指向你腳邊的麻袋。

「路上也不會有寶箱，什麼都不做咱過意不去，那個人就由咱來搬唄。」

你苦笑著同意他的建議。

半森人斥候開心地把屍袋扛到肩上，「嘿咻」打起幹勁。

頭目少女看不下去，猶豫著該不該幫忙，最後低下頭。

「不、不好意思……」

「沒事，冒險者就是要互相幫助。咱們家的老大也說過類似的話。」

——有難同當。

你冷冷拋下這句話，邁步而出，背後傳來輕笑聲。

八成是**再從姊**和女主教又在交頭接耳。嘖。

「……所以，你剛才說什麼東西都可以？」

「對了，回到地上後，你給我走著瞧……你沒有忘記吧？」

蟲人僧侶也在旁邊說道，女戰士露出貓一般的笑容。

你沉默不語，用視線警戒兩側，踏進迷宮。

從墓室來到走道上，通往地面的路線。是剛才走過的路。應該沒問題。

「啊，那個，頭目……接下來要往右轉才對。」

女主教沿著行進路線撫摸地圖，你點頭回應，毫不猶豫地前行。

你身在黑暗中的輪廓線正中央，覺得此時此刻，自己無論小鬼還是黏菌都能一刀砍死。

不過就算出現的是徬徨的骸骨——也不會是你們的敵人。

★

「噢，是這些人呀。」

看見你的團隊及少女們搬來的屍體，交易神修女語氣冰冷地說。

你們造訪神殿時已是深夜，她卻迅速前來應門，幫忙處理屍體。

一想到讓人家這麼費工，實在不會想抱怨這依然冷漠的態度。

照亮禮拜堂的只有從窗戶灑落的月光、星光，以及蠟燭的火光，給人冰冷蒼白的感覺。

然而，在那樣子的石造房間中，還看得見幾個零星的冒險者。

推測是來委託修女幫忙為同伴鎮魂或治療的人。也就是說，你們的存在似乎也沒稀奇到哪去。

稚氣尚存的侍祭們熟練地救助重傷者，讓他們躺在草蓆上，加以治療。

少女們的團隊擔心地在一旁守望，提心吊膽、坐立不安。

修女以冰冷的目光審視那個過程，不久後承諾道：

「應該不會有事。我認識這些人的團隊，不必擔心找不到人捐款。」

你苦笑著心想「真現實」，同時深深感受到正因如此，她們做事才如此可靠。

只要付錢就會傾盡全力救人，比幫不上忙的無償奉獻更實際。

至少比你們和幾位少女冒險救人來得可靠。

「那咱們這麼辛苦，是不是可以期待報酬啊？」

「嘿。」堂姊斥責隨口開了句玩笑的半森人斥候。「我們可不是為了錢才去救人的喔？」

「知道啦，知道啦。咱只是說說看而已，大姊饒命。」

斥候受不了這種罵小孩的語氣，舉手做出投降的姿勢。

女戰士咯咯笑著，斥候尷尬地搔著頭。

「有什麼關係？咱們也就算了，救人真的很辛苦耶？」

「是呀。要收取謝禮的話，比起我們……」

女主教似乎理解了半森人斥候的用意，看不見的雙眼望向另一邊。

「……各位應該才有那個資格。」

「咦!?」

少女們的頭目——捲髮少女忽然被提到，眨眨眼睛。

她將手舉到穿著白色皮甲的胸部前，慌張地揮動。

「沒、沒有的事，我們什麼都……！」

「不，我們只是來幫妳們的忙而已……」

對不對？頭目。女主教對你露出那樣的表情。

捲髮少女困惑地在她跟你之間看來看去，不知所措。

你想了一下，直截了當地回答。

——既然妳們不要，如果有報酬就由我們收下好了。

你無視錯愕地「咦」了一聲的女主教，若無其事地接著說。

你們也一樣有許多開銷。

儘管還不確定能否拿到報酬，總比寄望這些新人女孩來得實際。

她們不要的話，由你們收下也沒問題吧。

這是極其自然的理論，女主教「可是」、「不過」毫無魄力地用微弱的聲音反駁。

對面的**再從姊**豎起眉頭想說些什麼，你選擇無視。

除此之外，你補充道，也得支付妳們幫忙搬屍體的報酬。

「啊……」

一聽見這句話，不曉得誤會了什麼的女主教，臉上瞬間綻放笑容。

「說、說得對。就這麼辦！嗯，由我們給各位報酬！」

她像在摸索似地伸出雙手，猛然抓住捲髮少女的手。

「這樣就沒問題了吧？」

「嗯、嗯，呃……是、是的。這樣就……沒問題。」

「好！」

少女結結巴巴地回答，女主教點頭，聲音洋溢著喜悅。

「好溫柔喔。」

女戰士手貼著臉頰，用意味深長的語氣說道，彷彿在調侃你。你不知道她在指什麼。

看到你故意調整起腰間的刀鞘，蟲人僧侶開口了。

「哎，我都可以。」

他以指尖迅速結了法印，向交易神的祭壇行禮，聳聳肩膀說道。

「快走吧。沒付錢還在這待那麼久，只會給人家添麻煩。」

這還用說。你點頭，望向默默盯著你們的修女。

本以為她八成會對你們投以冰冷的眼神，修女卻面帶笑容。

——即使看起來是裝的，笑容依然是笑容。

「嗯，很好的心態。請各位今後也不要忘記那個精神。」

你無法判斷她指的是救人，還是在講把善款來源帶過來。

但她無疑是在為你們打氣。你苦笑著微微行了一禮，離開寺院。

女戰士踏著輕快的步伐走在你後面，女主教則小跑步跟上。

蟲人僧侶大步緩慢前行，半森人斥候的動作悠哉卻敏捷。

最後的堂姊「啊！」了一聲，急忙追過來。

「喂，真是的，瞞著姊姊自己走掉，太過分了吧！」

是堂姊。你笑著糾正，手伸向寺院的門推開它。

立刻有一陣冷風吹進，拂過你的臉頰吹往後方。

「那、那個！」

你回頭望向風的去處，是被金髮女孩帶過來的，向你們求助的兩位少女。

她們牽著手，神情緊張，聲音卻清晰可聞。

「謝、謝謝各位！我、我們也會加油……！」

「再一起……冒險吧！」

你笑了。笑了，告訴她們「那當然」，然後踏著輕快的步伐邁步而出。

雙月在空中閃耀光芒，與街燈相互輝映，甚至讓人覺得身在星空的中心。

「咱們的老大挺帥的嘛。」

半森人斥候竊笑著輕戳你的側腹。你回答「要你管」。

「啊啊——雖然我一開始就知道你是個濫好人，我是不是挑錯團隊加入了？」

「真的。他都長那麼大了，我還是放不下心。」

女戰士跟堂姊正在口無遮攔地談論你，你假裝什麼都沒聽見。

怎麼樣都不能相信**再從姊**說的話。唉。真的。

「啊，我、我覺得……這樣很好呀？」

女主教苦笑著——看似苦惱，卻藏不住笑意——安慰你。

你噘起嘴巴說「有什麼關係」，蟲人僧侶用力敲了下嘴。

「只要別失誤，怎樣都無所謂。」

接著，你們回到旅館，結束那一天意料外的冒險。

你知道馬廄的稻草堆睡起來並不舒服。

然而，你有種預感，今晚想必會睡得很熟。

實際上，就算疲憊不堪的你沉沉入睡，連做了什麼夢都不記得……

肯定也不是什麼壞事。你如此心想。

★

「歡迎光臨——！」

「早安——！」

——話雖如此，疲憊不可能一天就消除。何況你們還是睡在馬廄。

早上的酒館充滿冒險者的談話聲，你趴在圓桌上呻吟。

女侍們活潑有精神的聲音傳遍酒館，從你頭上穿過，逐漸遠去。

唯有這一點，不管你累積了多少經驗、鍛鍊，都無法習慣。

全身僵硬，在體內流動的血液彷彿變成了鉛，思緒卻很清楚。

不曉得是不是因為這樣，周圍的冒險者的談話聲，也化為有意義的句子傳入耳中。

「對了，你有沒有聽說？邊境那邊好像出現了『死』的軍隊。」

「怎麼會這樣，這個國家終於也要滅亡了？」

「只滅了一、兩個村莊而已。大概有小鬼、惡魔犬（Warg）、食屍鬼（Ghoul）、馬人（Centaurus）和蜥蜴人（Lizardman）傭兵吧。」

「賺不了多少錢呢……」

「沒辦法，會在野外出現的怪物都不會掉寶箱。」

「那今天就找一、兩間地下一樓的墓室逛逛吧。」

冒險者輕鬆地大笑，毫無這段對話該有的緊張感。

你發現稻草黏在衣服上，用手指捏起來扔掉。

——哎，他們就是那種覺得自己想再多也沒用的人。

你也跟他們一樣，只會在地下一樓晃來晃去。

每個人探索的目的各不相同，有人是基於危機感，有人是基於使命感，有人是基於其他原因。

你們一向是照自己的意思行事。他們也一樣，隨心所欲就行。你沒資格插嘴。

你這麼覺得，忍住哈欠，趴在圓桌上的頭從右邊轉向左邊。

「啊……」

看見了女主教。

她的臉彷彿是透明的，面無表情，不曉得有沒有聽見那些冒險者的閒聊。

在這麼多人的酒館中，唯有她像被裁切出來一樣。

你思考片刻，用一如往常的語氣向她道早。

她張開嘴巴，一副措手不及的樣子，「那、個」彆扭地扭動身軀。

過沒多久，她清了下喉嚨。

「早、早安，是頭目……對吧？」

你點頭肯定，她終於鬆了口氣，露出微笑。

雖然她說她不是完全看不見，應該還是很難判別坐在圓桌前默不作聲的人。

女主教連忙坐到你對面，忽然納悶地歪頭。

看來，她終於發現你獨自趴在圓桌上。

「其他人呢……？」

我把他們留在馬廄，那些人感覺爬不起來吃早餐。

你斬釘截鐵地說，睡死的男人就讓他們睡吧。

「這、這樣呀……」

你低聲笑著，女主教問「沒問題嗎？」。不會有問題。

你更在意女主教是獨自來到酒館。

「啊，是的。其實我有一些地圖的問題想請教……」

所以我一個人先過來了。她靦腆一笑，在行囊裡摸索。

提到地圖，你不得不端正坐姿。

女主教小心翼翼地將羊皮紙攤開在桌上，你從上方探頭觀察。

「我本來以為地下一樓大部分都探索過了，可是這塊區域……」

纖細雪白的指尖，沿著方格的線條移動。

再看一次，實在令人驚嘆。竟然光憑紙和墨水的觸感，就能讀取文字。剪得整整齊齊的指甲，最後抵達羊皮紙邊緣，你們尚未涉足的領域。

「……到底是什麼地方呢？」

她所指的區域是白紙，沒有畫上地圖的空白地帶。

並不是無路可走。那裡位在曲折的道路前方，只要想去隨時都去得了。

迷宮——至少地下一樓——是類似正方形的構造，也沒有用石頭堵住。

然而不知為何，你們從來沒踏進去過。

其他冒險者閒聊時，也沒提過這個地方。

我看看……你摸著下巴沉思。

通往地下二樓的樓梯已經發現，你們也掌握了這條情報。

無論要賺錢還是要繼續探索，都沒道理前往這塊區域，不過……

「會好奇，對不對？」

——沒錯。

你是修習劍道之人，同時也是不知名的冒險者。

沒有好奇心，算什麼冒險者。

當然，因為無謂的好奇心再也回不來的冒險者多不勝數。

違法在黑影底下奔跑的人們，大概也有很多沒那個必要卻跑去打探委託人的底細，因此消失的人。

到頭來，只能說這也是你的修行。

看清現在的力量、夥伴的技術、想挑戰的場所的難度，是頭目的任務。

這樣的話，必須先收集這個地方的情報……

「噢，那裡是暗黑領域。」

答案從天而降。

突如其來的聲音令你從地圖上抬頭，站在眼前的是一名金髮美男子。

年輕君主──你來到這座城塞都市時遇見的那個穿金剛石鎧甲的騎士。

「連迷宮的輪廓線都看不見。聽說進到那裡的冒險者，沒人回得來。」

他用護手的手指部分敲打地圖的那塊區域，聳聳肩膀。

「肯定有東西，可是覺得自己有那個能力親眼確認……或許太自戀了點。」

「……原來如此。不管有什麼東西，以我們的實力應該有困難。」

女主教困擾地皺眉，輕聲說道。你也點頭同意。

然後，你對金剛石騎士發現地下三樓的功績表示讚賞。

金剛石騎士似乎沒料到你這句稱讚，睜大眼睛，害臊地搔著臉頰。

「沒什麼了不起──我不會說這種話，不過……嗯，大概是骰子骰出了好點數。」

真正意義上站在迷宮最前線的人說出這種話，別說謙虛了，聽起來甚至帶有幾分諷刺。

這位年輕騎士卻不會讓人這麼覺得，或許是拜他的人德所賜。

金剛石騎士挺直背脊，優雅地向你和女主教深深一鞠躬。

「昨晚我這邊的人受各位照顧了……我才要誠心感謝你們。」

什麼！你驚呼出聲。

昨晚你們去迷宮救了冒險者出來，原來是這位騎士率領的團隊嗎？

不過，在地下一樓全滅實在不符合他們的實力。

重點是你不記得昨天救的人裡面有他。究竟是什麼狀況？

「噢，不是，他們是二軍……該這樣說嗎？是預備戰力。是我家的家臣……」

金剛石騎士羞愧地為你解惑。

聽說他們在沒有斥候的情況下闖入迷宮，大概是急於立功吧。

你在他講話時仔細觀察他的面容——十分年輕。

第一次見面時感覺到的壓力緩和了許多，可能是迷宮讓你習慣了。

他搞不好比你還年輕。

約十五、六歲，剛成年……看起來和女主教不會差多少。

女主教彷彿聽見不可思議的事，開口詢問：

「家臣嗎……？那個，我也記得那些人，不過……」

「噢。嗯……雖說是貧窮貴族家的三男，家人和家臣還是會擔心。」

如此說道的年輕人，身體用閃亮的金剛石甲冑保護著。

看起來實在不是貧窮貴族會穿的防具……好吧，貴族跟你的價值觀也不一樣。

貴族所說的「貧窮」，肯定超出你的想像。大概。

你對此沒有其他疑惑，重新詢問他的來意。

「我剛才也說過，是來道謝的。」

金剛石騎士一副「這還用問嗎」的態度，斬釘截鐵地說。

「除此之外，雖然不知道各位因此花了多少錢，我還準備了謝禮。」

你緩緩搖頭，甚至有種神清氣爽的感覺。

你們等於是承接別人轉手的委託，不能收取報酬。

想付錢的話，那幾位少女的團隊才有資格收下。

若她們堅持不收，只要說是幫助你的團隊的工資，硬塞給她們即可。

「……唔，是嗎？那我就這麼做了。」

金剛石騎士低下頭，女主教了然於心地點頭。

你努力不去看她的表情，搬出「冒險者就是要互相幫助」這個大道理。

金剛石騎士聞言，點頭笑著說：

「原來如此，是句名言。不過，我真的很感謝你們。有什麼需要儘管開口，我一定幫忙。再會。」

他又行了一禮，簡短道別後轉過身去。

穿著閃亮鎧甲離去的背影威風凜凜，你在內心讚嘆雖然他說自己家境貧窮，貴族還真厲害。

你根本學不來——

「啊啊，又在耍帥了。」

——至少在終於來到酒館的女戰士咯咯輕笑的期間。

★

聽見她的聲音，你回過頭，其他同伴都到齊了。

你「唔」了一聲，坦蕩蕩地面向他們問「怎麼了」，彷彿剛才什麼事都沒發生。

「我從轉手那邊開始聽的，你擅自把報酬讓給別人了耶。」

女戰士壞心地瞇細眼睛，像在鬧彆扭般噘起嘴脣，旁邊的堂姊豎起食指。

「不行啦，要跟其他人商量後再決定。」

她扠著腰搖晃手指。嘖，可惡的**再從姊**。

你狠狠回瞪，**再從姊**卻不知道在笑什麼。

——他們好像有什麼誤會，你確實是跟其他人商量後才決定的。跟她。跟她。

「咦、咦!?」

忽然被叫到的女主教瞪大眼睛——雖然因為眼帶的關係，看不見就是了。

你再次徵求她的同意，她「呃」結巴了一下，不過——

「……是的。是商量後才決定的。」

她點頭果斷地回答，甚至露出笑容。

喔喔——你睜大眼睛，因為你沒想到她會說到這個地步。

「我們仔細商量過了……對不對？」

是、是啊。你再三點頭，附和淺淺一笑的她。

沒錯，正是如此。你們兩個仔細商量過才決定的。沒有問題。沒有問題吧。

「真是，老大真會拉攏別人。」

半森人斥候雖然在責備你，臉上卻掛著奸笑，裝模作樣地搖頭。

他將鼓起的麻袋「喀啷」一聲放在圓桌上。

「哎，咱們也不是毫無收穫，所以咱並不介意啦。」

「這是昨天的……？」

女主教彷彿找到自己的工作，臉上綻放笑容，斥候催促道「對啊」。

「請讓我看看。」

她立刻一鞠躬，喜孜孜地伸手拿出袋子裡的東西。

畢竟提到鑑定，就是蒙神賞賜看穿真偽的權能的她的舞臺。

愛撫似地用指尖碰觸武器表面的模樣，動作雖然相同……

「呵呵呵，她比第一次見面時還有活力呢。」

堂姊喃喃說道，彷彿在為自己感到高興。你點頭。她看起來命苦，但是個好女孩。

夥伴們圍著她坐下，你則著手捲好地圖，以免妨礙她工作。

你告訴同伴有彎刀的話跟你說一聲，女戰士撐著頰，無奈地說：

「我覺得不會有……」

凡事總有萬一。萬分之一。若一萬次裡面會有一次，搞不好第一次就是那一次。

她「好好好」地聳聳肩膀，不曉得是不是被你說服了。

「所以，今天有何打算？」

蟲人僧侶看所有人都坐下了，跟女侍點完餐，開口詢問。

「休息，還是冒險？我都可以。」

那麼，要怎麼做呢？你抱著胳膊思考。

幸好你們資金充裕，不用煩惱住宿費。

儘管世間的情況不容大意，你們勉強自己一天也不會有什麼幫助。

再說，昨天的探索原本就不在計畫之中。既然如此——

「我想休息耶。」

你還沒開口，女戰士便刻意做出揉肩膀的動作，嘆著氣說。

「因為我累了……」

沒辦法，畢竟妳遭到史萊姆的攻擊。

你低聲說道，她冷冷看著你說「哼，竟然講這種話」。

不過，事實上疲勞的確是個問題。你努力維持冷靜，接著說道。

總不能每天都進迷宮探索，今天就休息吧。

「啊，那我去鑽研法術！」

堂姊率先同意你的提議。

認真是很好，不要只會動一張嘴啊。聽見你這句話，她挺起豐滿的胸膛。

「那當然，可不能輸給昨天那些孩子。對不對？」

「咦？啊，我、我嗎？」

鑑定完畢的女主教吁出一口氣，拭去額頭的汗水，抬起臉。

「很遺憾。」

她簡短地將結果告訴你，似乎在顧慮你的感受。

也就是說，又沒鑑定到彎刀了。豈有此理！

「不過的確，我也必須學習法術……」

「那我們一起看書吧！」

女主教擔心得不停瞄向垂著頭的你，堂姊握緊她的雙手。

「那咱去找朋友。」

「呿，休息嗎……沒辦法。去一趟鬥技場好了……」

兩位男性對你毫不關心，蟲人僧侶甚至掩飾不住興奮之情。

嘖，算了，不管了。既然如此，負責管理資金的你該做的只有一件事。

你並沒有為此感到不甘，但要去把昨天撿到的武器賣掉。一個人……一個人！

你無視開心地討論假日要如何度過的同伴，拿起麻袋起身。

「欸——」

這時，有人輕輕拉扯你的袖子。

甜美的聲音令你停下腳步，轉過身，映入眼簾的是女戰士的微笑。

她以諂媚的態度將你的手臂摟向柔軟的胸部，不知道在哪學會這招的。

不管是秩序抑或混沌，她的表情及動作實在很容易招人誤解。

「記得我說過之後再報仇嗎？」

可是為什麼呢？她燦爛愉悅的笑容，宛如一隻看見老鼠的貓。

對了，昨天她好像說過這種話……

「——我想要一件新鎧甲耶……？」

看來你無權拒絕，也無權選擇假日的度過方式。

★

說到城塞都市居民的話題，除了迷宮外再無其他。

走在路上，行人像在聊天氣似地談論冒險者的話題。

一下聊有前途的新人，一下聊探索的狀況、會潛入到最深處挑戰「死」的人是誰。

其中最蔚為話題的，似乎又是那位穿金剛石鎧甲的騎士。

畢竟他是個容貌秀麗、有如年輕雄獅的美男子，受到年輕女性的注目再正常不過。

「～♪」

你邊走邊不經意地聽著那些傳聞，女戰士邁向前方，看起來真的很開心。

她扭動著描繪出纖細柔軟弧線的腰肢，喀喀喀地走在路上。
除了腰間掛著一把劍、做為最基本的防身用具外，說她是一般市民也不會有人懷疑——

「幹麼？在看我的屁股嗎？」
她甩動頭髮回過頭，臉上帶著貓一般的笑容，呵呵輕笑。
你完全無法判斷這個表情是她的本性，還是裝出來的。
你搖頭否認，告訴她「妳看起來心情很好」。
「對呀。因為來到這座城市後，沒什麼放鬆的時間。」
女戰士如她所說，語調緩慢且悠閒。
她的聲音令人頗有好感，你判斷無須多問。
每個人都有一、兩件不想跟其他人說的事。
只要無關生死，就跟你沒關係——你不會說到這個地步，不過——
當事人想說的時候再說就行。
非得知曉對方的一切才能將性命交付，心胸未免太狹窄。
不過。
你在她的引導下於街上前行，但這座都市的道路頗為複雜。
你可不想漫無目的地徘徊，問個目的地應該還是可以的。

「嗯——？咦，我沒跟你說嗎？」

你開口詢問，她露出與年紀相符——比想像中更年幼的表情，微微歪頭。

沒說。你果斷地回答。從她在酒館說過的話判斷，推測是武器店。

「嗯，我去那邊買過不少東西。是家感覺不錯的店。」

哦。你揚起嘴角，手放在腰間的彎刀上。

既然是感覺不錯的店，或許找得到名刀。

看到你的反應，她隨口附和「說不定喔」。

所謂打鐵趁熱，立刻去採購裝備吧。

「好好好，記得是……在這邊吧。」

你再怎麼急，還是要由她帶路。

女戰士如同一隻隨意散步的貓，小步走在陰影處下。

在複雜如迷宮的城塞都市中，也有從天而降的光芒照得到的地方。

從大街上轉了一、兩個彎，走進小巷子裡，一目了然。

八成是商人的小孩，坐在路邊的孩子們在比賽將小石頭扔進圓圈。

旁邊的婦人們正在將大盆子裡的髒衣服用腳踩乾淨。

就算這座城市充滿迷宮的財物，以及以此為目標聚集而來的冒險者與商人，還是有日常生活的存在。

街上的喧囂聲遠去，你和她在小巷子間穿梭，過沒多久來到一條死胡同。

「啊，這裡這裡。」

她笑著指向代表武器店的看板。

隨風搖晃的看板很新——不如說，城塞都市本身就是座新城市。

思及此，或許該說它頗有歲數……

「打擾了。大叔——你在嗎？」

在你思考之時，女戰士順手推開店門。

她的身影立刻從門口消失。

你當場愣住，探頭窺探門後，後面是又窄又悶、往下的樓梯。

「呵呵……氣氛不錯對吧？」

她在樓梯途中輕笑。

你點頭，置身於昏暗狹窄的空間。

強壯的肉體很容易卡住，光往下走一層都是折磨。

至於她，明明有著豐滿的身軀，動作卻相當俐落。

不曉得是性別差距，還是你跟她等級的差距，抑或是熟練度。

好不容易走下樓梯，底下是一間鍛造工房，火紅的爐火照亮昏暗的空間。

武器亂七八糟堆在一起，裡面傳來打鐵聲。炙熱的火焰照亮你的皮膚。

「……喔，是妳啊。」

儼然是迷宮裡的墓室的店內，走出一個彷彿縮著身體的人。

會讓人誤認為礦人(Dwarf)、擁有肌肉發達的矮小身軀的鬍鬚老翁。

老翁輕輕哼了聲，將皺在一起的臉朝向女戰士和你。

「怎麼，帶男人過來啊？看妳這樣子，開始對男人感興趣了？」

「對呀。」她在胸前合掌。「我想請他買新鎧甲給我。」

「是嗎……所以？」

什麼東西？接下來這句話，似乎是對你說的。

「這位大哥呢？只是來出錢的嗎？」

你沒有馬上聽懂他的意思，但接下來那句話讓你明白了。

你想找的是單刃彎刀。刀身細長、銳利，柔軟不易斷的。

老翁默默伸出粗糙的左手。

叫你拿刀給他看的意思吧。

你連同刀鞘將彎刀拔出腰帶，讓叫著「哇，好重」的女戰士轉交給老翁。

「哼，東方的刀嗎？」

老翁光憑觸感就看穿這一點，鏘一聲拔出彎刀。

他的手指滑過反射橙色火光，發出白色光芒的刀刃，默默搖頭。

「無銘，但是把好刀。不曉得是出自何人之手，保養得太隨便了。我幫你重新磨一遍。」

唔。你摸摸下巴，無言以對。分不清他這是在貶低還是在稱讚。

至少感覺不到惡意，而且他說的的確是事實，用不著在意。

在你想著這些事的期間，女戰士笑咪咪地向老翁搭話。

「關於我要的新鎧甲……希望是更貼身一點的。」

「喔。」

「還有穿了不會肩膀堅硬的。鍊甲是很好，不過就算用腰帶繫緊，肩膀還是很重……」

你無視——更正，你對他們的對話置若罔聞，觀察店內。

仔細一看，堆得亂七八糟的武器種類繁雜。

槍、劍、斧、棒、杖。鐵盔及盾牌，護身衣及外套等等，甚至連藥都有。

商品放得到處都是，包含架子上跟天花板。

你不覺得自己有多鄉巴佬，但這麼多東西，真的看得眼花撩亂。

有用來砍的、用來將目標一刀兩斷的，也有與其赫赫有名的劍銘相應的劍……

——噢。

四處張望的期間，你感覺到一絲異樣感。

大多數的商品當然是全新，或是用舊的二手貨……

可是，其中有許多**有使用痕跡卻很新**的裝備。

「因為新人常死。」

你詢問原因，老翁冷漠地直接回答。

「最近一堆人跑去送死。白痴很多。蠢貨也是。」

是這樣嗎？

「白痴會死。覺得自己不是白痴，自以為會小心，結果送掉小命的蠢貨也很多。」

原來如此。搞不好明天就輪到你了，你搖頭在心中祈禱厄運退散。

不曉得是只將死者的裝備脫下來賣，還是有人發現了亡骸。

無論如何，你的彎刀和她的長槍，隊友的武器也可能出現在這裡。

端看你們的技術，和眾神的骰子。

你不會同情，也不會為那個畫面感到恐懼，但現實是多麼殘酷啊。

「……所以？」

打斷你思緒的，是女戰士依然輕柔、帶著笑意的聲音。

回頭一看，她按著衣領，無所事事地站在原地，維持同樣的表情接著說：

「我現在要量尺寸耶……」

怎麼了嗎？你一頭霧水。要量就量啊，沒有問題。

「你要一直待在這嗎？」

——哎呀。

店裡沒有遮蔽物，你急忙將錢包扔給她，鑽進狹窄的樓梯間。

背後傳來她的輕笑，以及性感的衣物摩擦聲。

聲音緊緊追在你身後，直到你逃回地面。

★

你站在都市底部，愣愣地仰望裁切成四方形的藍天。

雲朵跟太陽都一如往常，從這邊看過去的天空卻又高又遠。

你站在店門口旁邊，以免擋住其他客人——儘管你不覺得會有其他人來。

風帶來上午的街道特有的清澈空氣。

城塞都市的構造如此複雜，空氣卻毫不混濁，或許是多虧那個交易神的庇護。

傳入耳中的是好幾棟建築物外的大街上的喧囂聲。

小孩子的嬉鬧聲與婦人的交談聲，在你聽見時已經不是有意義的聲音。

陽光溫暖舒適，你甚至覺得自己彷彿漂在海洋的正中央。

——實在想不到「死」就潛伏在腳下。

只要會潛入迷宮——不，只要你還跟迷宮有關，「死」無時無刻不在你身邊。

你從未忘記。只不過忘記的話，是否就能沉浸在這安詳的氣氛中？

僅僅是在迷宮一樓，入口附近徘徊，以怪物的生命為代價獲取財寶。

可以說毫無展望，除非有比賺錢更重要的目的。

只是在不斷累積「死」。

這樣的話，連那些如同無火的灰燼的日子，都無法和「死」撇清關係嗎……

「嗨，這位小哥。你的表情看起來在想沒意義的事喔。」

聽見忽然跟你搭話的明亮聲音，你沒有擺出戒備的姿勢，視線往旁邊移動。

聲音的主人在你旁邊，以及下方。比你肩膀稍低的位置，站著一個披外套的嬌小人影。

你並未警戒，而是詢問來者何人。勉強在你的攻擊範圍外。

盜賊之流不可能主動出聲。

你也不記得自己跟人結過仇，以至於讓對方想殺你——這個人到底是誰？

最大的問題是你的彎刀沒配在腰間。

萬一有什麼意外，能否靠帶在身上的備用單刃小刀度過危機？

「喔喔，有殺氣有殺氣。」

穿外套的人似乎感覺到你在打量他，用有點口齒不清的發音笑著說。
口氣像小孩子，聲音雖然高，但不是小孩的聲音。
是誰？你因陌生的聲音感到疑惑，緩緩轉身面向他。
眼前的是穿外套的——推測是女性。
隔著外套，依然隱約看得出柔和的身體曲線。
纖細，胸部平坦，卻工整如雕像的美麗弧線。是女性沒錯。
金髮及嘴角稍微從兜帽底下露出，她臉上掛著笑容。
「我只是個粉絲而已，別那樣瞪我。」
至少你從她身上感覺不到敵意。
粉絲？你判斷該查明她的意圖，懷疑地問。
「對，粉絲。冒險者的粉絲。在旁邊觀察他們，有有趣的話題就分享給他們之類的。」
原來如此。如果是你和你的團隊的粉絲，確實令人存疑，原來是冒險者的。
你並沒有對她說的話照單全收，不過這個理由還算能接受。
「我來告訴小哥你好奇的事。」
好奇的事。
你挑起一邊的眉毛，回答「我好奇什麼東西，才是我好奇的事」。

© lack

「是嗎？」

她輕描淡寫地笑著說道，再度開口。

「初學者獵人。」

這時，一陣風呼嘯而過。

——初學者獵人。

你重複了一遍那個意義不明，卻激起不安的詞彙。

「沒錯。」他說：「你們不是在迷宮裡被寒酸男攻擊嗎？」

你點頭。

正確地說是想攻擊你們，結果反而被你們殺掉。算了，這不重要。

「有一堆全新的武器防具被賣掉，這你也聽說了吧。」

你點頭。

不久前在武器店工房看見的畫面，以及師父說的話浮現腦海。

「有人會狩獵進入迷宮的冒險者、初學者，扒光他們身上的裝備。」

她彷彿看穿了在你心中如旗幟般豎起的預感，接著說道。

「剛開始好像是在酒館。灌醉人家，哄得他心情飄飄然的，再從後面來這麼一下。」

她以十分滑稽的動作揮動雙臂，手腳從外套的邊緣露出。

儘管被她演得非常好笑，倒是挺像用棍棒敲爛別人腦袋的動作。

這座城市有許多冒險者，新手冒險者的價值沒什麼大不了。

「但那是犯罪。之後他們就跑去迷宮幹這種事了。不過，迷宮裡當然有怪物囉？」

你——沒有回應她徵求同意的話語。

而是咕噥道「這樣沒什麼好處吧」。

當事人以為自己是狩獵者，遲早會變成被狩獵的那一方。

迷宮裡，怪物就是這樣的存在。至少眾多冒險者是這麼想的。

就算風險高——他們也是該殺掉、搶走財物的獵物。應該是這麼想的。

「誰知道呢？他們好像沒在計較得失。為什麼呢？是被迷住了嗎？」

被迷住。

你重複了一遍。被迷住。究竟是被什麼迷住？

不，用不著說明你也知道。你明白。恐怕是——

「『死』。」

她的聲音混在呼嘯而過的風中，你仍然聽得一清二楚。

「死」。

你望向被裁切成四方形的藍天。

因為你覺得從迷宮湧出的「死」的影子，彷彿覆蓋住了天空。

「他們的據點好像在地下二樓。小哥也小心點啊。」

她笑著揮手。你低聲沉吟，代替回應。

沒什麼——沒什麼，他們的所作所為不好不壞。

你現在是一個團隊的頭目。

率領同伴攻略迷宮，抵達「死」之源頭的身分。

不能因為渺小的正義感或自尊心，投身於不必要的戰鬥。

可是……初學者獵人。

那句話在你心中逐漸成形、膨脹。

彷彿從迷宮溢出的濃密的「死」，忽然以明確的模樣出現。

要踏進迷宮深淵的話，絕對無法逃避面對。

你想了一會兒，慢慢搖頭。

那是你該思考的事，卻不是該由你決定的事。

你現在是頭目。

因此，你向她詢問，取代得出結論。

——為何要告訴你？

「這個嘛，小哥。還用問嗎？沒有原因。」

她大笑出聲，彷彿在笑你愚蠢。

「是『宿命』及『偶然』的骰子骰出來的！」

接著，她立刻飛奔而出，不讓你說出下一句話。

你才剛伸出手——手掌抓住了虛空——她的身影就消失在小巷中。

你看著伸出去的拳頭，尷尬地把手縮回去。

抓住她又能怎麼辦？那是沒有解答的行為。

一點都不像你。不過——

——哎，怎麼搞的。

「怎麼啦？」

這次的突襲又是從身旁傳來。

女戰士推開吱嘎作響的店門，納悶地探出頭。

你搖頭表示沒什麼，她「哦」了一聲，從門縫間鑽出。

以鱗狀金屬板拼接而成的鎧甲，像衣服一樣貼身地穿在身上。

下襬在膝蓋上方的位置，腰部用腰帶緊緊束住。這大概就是看得出她身體曲線的原因。

「來，給你。」

你還沒對她新買的鎧甲發表感想，她就將行李扔給你。

伸手接過，是你的錢包及收在刀鞘裡的彎刀。

你把錢包收進懷裡，連內容物都沒檢查，將彎刀稍微拔出刀鞘。

反射陽光的刀身，是銳利的銀色。

你點頭稱讚師傅的手藝，將收入刀鞘的彎刀掛在腰帶上。

「……嗯——就這樣？」

你不想為錢懷疑同伴。聽見這句話，她的反應是「哦」。

女戰士冷淡地重複一遍，看起來興致缺缺，感覺卻又有所反應。

不過想也沒用。她想講的話自己會說。

「對了，中午了耶。總覺得有點餓……」

思考過後，你建議先回酒館一趟。

有事情要跟同伴商量，而且現在才去找地方吃飯又太晚了。

雖然不知道理應在享受假日的同伴，中午會不會回到酒館。

「呵呵，是可以。」

她靈活地邁步而出，你跟在後面。

繞過小巷子，轉彎，經過跟去程不同的路線——來到大路上。

這樣走比去程更快，有許多條道路。

你邊想邊走，走出巷子前，她輕聲叫住了你。

「欸。」

女戰士轉過身，背對從大路照進的光，臉上漾起微笑。

鱗狀鎧甲靜靜搖晃，全新的金屬在陽光下閃耀光芒。

「——這副鎧甲怎麼樣？」

你簡短回應，她輕輕一笑。

——雖然你完全不知道她在想什麼。

★

「看吧，你果然也該來念書！」

不出所料，傍晚才終於回來的**再從姊**，指著你這麼說。

你煩躁地撥開她的手指，將視線移向圓桌上的書。

似乎是魔法書，不曉得她從哪弄來的。

那本書厚到需要放在書架上看，老舊的鐵封面看得出它歷經了多少歲月。

一拿起來便感覺到沉甸甸的重量，你覺得比起酒館，這本書更適合放在書庫塔。

看來堂姊和坐在旁邊的女主教，整天都在看這本書。

團隊的施法者認真學習是很好，不過——這本書哪來的？

「暗人（Dark Elf）的商隊帶來的。」

很有幫助。坐在圓桌前的女主教，難得明白表達自己的意見。

不，並不難得。這才是原本的她吧，之前只是被壓抑住、被遮蔽住了。

「呵呵呵，我們也不能輸給那些孩子！」

堂姊說的「那些孩子」，大概是指那幾位孤兒院的少女。

肯定是後輩的存在激勵了她，雖然你們也沒資深到哪去。

總之，你也不能再鬆懈下去了。

聚集在城塞都市的冒險者不盡相同，但「死」的源頭恐怕只有一個。

不論是那名金剛石騎士先攻略迷宮，還是你們會先被從後面追上的少女追過……

能夠抵達源頭，解決問題的冒險者，只有一隊。

也會有人在半途喪命吧。

即使是以財寶為目標——大部分的冒險者都是這樣——依然有機會被迷宮吞沒。

「死」。

緊貼在你背後，如影般的詞彙。

「聽說是某個國家的密傳法術。」

堂姊自然不會知道你在想什麼，笑咪咪地說，女主教在旁邊點頭。

「非常有幫助。」

仔細一看，她的臉頰微微泛紅，堂姊好像讓她喝了酒。

代表她們在來這間酒館前，去了其他地方一面看書一面吃飯。

——錢。沒錯，該思考錢的問題。

你緩緩搖頭，驅散從中午開始感覺到的些微寒意。

不是連團隊成員的個人財產都會交給你保管，所以每個人手上都有錢。

然而，兩位不諳世事的少女跟暗人商隊這種可疑的對象買東西……

該不會是哪個國家的機密吧？你懷疑地望向那本書。

——噢。

原來如此，難怪**再從姊**那麼投入。

先不管現在的你有沒有辦法駕馭，光是隨便看過去，都有幾個實用的法術。

學了不會有壞處。

無論那個商隊是什麼來頭，商品確實是好貨。

仔細想想，擁有鑑定權能的女主教也在場。不可能被騙。

「哼哼，怎麼樣？姊姊也是會自己買東西的！」

你無視得意地挺起豐胸的**再從姊**，闔上魔法書。

你多學點法術，對於今後探索迷宮時也會有幫助吧。

畢竟目前光拿刀應戰就無暇顧及其他，根本沒辦法好好使用法術。

儘管非常不想接納堂姊的意見，你同意應該多加學習。

雖然沒什麼幹勁，你詢問兩人這本書是否也能讓自己使用。

「那個，你想看的話……我不介意。」

「嗯，當然可以！姊姊會在旁邊看著，直到你徹底記住。」

是**再從姊**。你看準時機制止打起幹勁的堂姊，吐出一口氣。

——之後得從團隊的錢包裡貼補堂姊的開銷。

半森人斥候看著你們嬉鬧——你沒有跟她嬉鬧的意思就是了——笑著說：

「不過，虧你們有辦法看這種書。咱光看就頭痛。」

說要去找朋友的他，也是將近傍晚才回來。

你笑著同意。哎，確實很難懂。

法術用到的古語——擁有真實力量的言語，跟人類使用的共通語不同。

再加上敘述艱澀難懂，通常是「看得懂的人看得懂就好」。

「看是看得懂啦，但總不能隨便看看就說『喔——我懂我懂』吧。」

半森人斥候用力點頭，大概是同意你的說明。

「可是老大，咱也想用用看一、兩種法術。」

雖然沒那個腦袋也沒那個天分。他笑著說道。你也不禁苦笑。

法術不是只要理解語言就能用的東西，需要天分。

這樣想的話，有點像再怎麼熟讀法典，也不知道祈禱能否傳達給眾神的神官。

你無視點頭附和「很有幫助」的女主教，望向蟲人僧侶。

「那不重要……」

面對徵求同意的你，蟲人僧侶整個屁股坐在椅子上，語氣比平常還要隨便。

「跟以為自己贏了，跑去買下酒菜，回來卻發現自己輸了比起來，一點都不重要。」

是嗎？是啊。對你來說這一點都不重要，因此你點頭，拿起酒壺幫他倒酒。

蟲人僧侶抓住杯子，喀喀喀地敲著嘴巴喝酒，晃動觸角左右搖頭。

「……我信仰的神明明喜歡賭博，為何不願意授予我加護……」

那就是所謂的「宿命」吧。你隨口應答，也幫自己倒了杯酒。

或者也有可能是「偶然」。唯有骰子的點數，連眾神都——

「我說——？」

一隻手有點突然地伸過來，抓住你的袖子扯。

「你剛才不是說有事想問大家？」

女戰士直到不久前都在拿新買的鎧甲給終於回到酒館的眾人看。現在她正小口喝著酒，或許是炫耀過一遍後心滿意足了。

她臉上掛著依然看不出情緒的笑容，斜眼瞄向你。

你想了一下，做好覺悟向眾人開口。

——迷宮裡好像有**初學者獵人**這東西。

「……啥？是指那些寒酸男嗎？」

半森人斥候率先對你說的話有反應。你點頭補充道「恐怕是」。

據說以地下二樓為根據地的寒酸男，會在迷宮裡襲擊初學者，扒走他們的裝備。

「難怪。」

斥候聞言，面色凝重地抱著胳膊，靠在椅背上。

堂姊「哦？」了一聲，睜大眼睛，不著痕跡地從圓桌後面探出身子問：

「怎麼了嗎？」

「沒啦，大姊。」他對堂姊說：「咱跟朋友在逛街的時候，覺得氣氛怪怪的。」

怪怪的？你一臉疑惑，他點頭，表情依然嚴肅。

「不曉得是沒有中堅分子，還是沒有培育新人冒險者……他們覺得迷宮就是那種地方。」

——原來如此。

聚集在迷宮的冒險者，大多已經放棄攻略，只顧賺錢的意思嗎？

若冒險者的等級差距懸殊，一部分的原因或許就在初學者獵人身上。

當然，迷宮裡的「死」起因還有怪物、陷阱、因迷路而中途喪命等各式各樣。

不管有沒有初學者獵人，這座迷宮都會不斷吐出「死」。

「可是老大，你從哪聽說這情報的？」

——嗯？

是從哪聽說的呢。你想不起來，歪過頭。

中午——不，中午跟你說過話的，只有武器店老闆跟女戰士吧？

八成是從酒館裡的喧囂聲聽來的……也罷，情報來源並不重要。

若要說這個情報不可信，跟迷宮有關的傳聞幾乎無一例外。

親自前去確認，遠比懷疑來得好。

但問題是——究竟有沒有那個必要。

冒險者在迷宮遇到什麼事，責任都該由自身承擔。

那些孤兒院出身的少女和其他冒險者，遇到什麼事都與你無關。

反過來說，你們的遭遇也與他們無關。

你是率領團隊的頭目，同伴們的命運是大是小，都擔在你的雙肩上。

要特地去對付初學者獵人也可以，不跟他們交戰也行。

——通通是你的自由。

「…………」

你認真沉思，堂姊忽然神情嚴肅地朝你探出身子。

怎麼了嗎？你正準備詢問她的用意——

「嘿——」

——好痛。

叩一聲，你得知她輕戳了自己的額頭。

「頭目怎麼能露出這種表情。要跟姊姊和大家講清楚呀。」

你摩擦著陣陣發疼的額頭，擺出一張臭臉回望堂姊。

就算這樣，也用不著戳你吧。

「因為你都沒在注意身邊的人。這點懲罰剛剛好。」

身邊的人。

經她這麼一說，你乖乖環視圓桌，半森人斥候咧嘴一笑，拍拍胸脯。

「喔，怎麼啦老大，有煩惱嗎？都可以跟咱說。」

「啊，該不會是有喜歡的人了？我先跟你道歉，對不起喔？」

接著輪到女戰士面帶微笑，雙手在豐滿的胸部前合掌。

你邊搔頭邊心想「我什麼都還沒說」，女主教咕噥著開口。

「那個……」

她支支吾吾的，隔著眼帶望向你，認真點頭。

「不介意的話，我可以聽你說……喔？」

「哎，我都可以。」

蟲人僧侶遞出水給她喝，開口說道。

「有什麼要講的就說吧。」

……哎呀呀。

「看吧？」

堂姊對你微笑，你實在敵不過她。

你被珍貴的同伴們包圍，下定決心說出自己的想法。

——你想處理掉那群寒酸男。

你不會說這是為了世人，不會說是因為自己看不慣。

也不會講什麼善惡論、無法饒恕這種蠢話。

再說，這件事與你無關。沒人拜託你解決，也沒必要特地去戰鬥。

但你靠著自己的這把劍，來到這座城塞都市。

企圖挑戰「死」的人，怎麼能逃避面對區區地下二樓的小混混呢？

牠。

當然，真正的專家不會選擇馴服悍馬，而是一開始就會詢問哪條路不會遇見

可是你不想逃避面對瀰漫迷宮的「死」的前兆。

你無論如何都覺得應該要排除阻礙，邁向前方。

「……」

「……」

聽見這番話，同伴們面面相覷，陷入沉思。

十分可貴。

他們沒有回答「你說得沒錯」，而是仔細思考，真的十分可貴。

「真難抉擇……要說對咱們來說有無好處，當然是有弊無利。」

不久後，率先下達結論的又是半森人斥候。

那句話讓女主教遮住紅通通的臉頰，一面整理思緒，一面困惑地問：

「咦……是這樣嗎？」

「是啊。」

他沒有贊成也沒有反對，只是點頭肯定。

蟲人僧侶聽了，開口說道：

「嗯，以我們的情況來說是這樣。那些傢伙的目標是初學者。與有能力探索二

樓的冒險者為敵，風險太高了。」

也就是說，只要順利踏進迷宮深處，就不會被他們視為獵物嗎？

你在腦中組織兩人的發言，為現狀下達結論。

如果照當初的計畫進入二樓，他們就不會攻擊你們。

連四處亂炸的火星都撐不上，真的沒必要飛蛾撲火。

「只不過……該怎麼說呢。喂，你意下如何？」

將你的思緒再度拉回議論中的，是蟲人僧侶的聲音。

怎麼會跑來問咱咧。半森人斥候依然面色凝重地點頭。

「哎，現在新人培育不起來，要**補充新成員時**，應該會很頭痛……」

——這句話的意思，你也明白。

他們在講的是在場某人喪命時的情況。

要是得花時間培育後進；拖延探索速度，代表會脫離最前線。

地下二樓以後的地方，迷宮究竟有多麼幽深，任誰都無法想像。

更遑論能否以目前的班底抵達該處——

「可是，我沒辦法置之不理。」

你當然知道堂姊八成會這麼說。

她的個性比你還——你也有自覺！——濫好人。

「明知其他人會犧牲，還假裝不知情……」

「我也，那個……呃，覺得這樣應該比較好。」

如你所料，女主教接在堂姊後面說。

她似乎還沒酒醒，語氣帶有些許稚氣，咬字不清。

然後像在諂媚人似地微微歪頭，神情恍惚卻冷淡地說道。

「而且，不是哥布林吧？」

嗯，大概。

你簡短肯定，她「嗯」了一聲，開心地點頭。

她的語氣令人沒來由地不安，但現在該處理的是寒酸男的問題。

——不管怎樣，你早已料到她們倆會贊成前去討伐。

「咱不太想去。」

半森人斥候愁眉苦臉地拿著酒杯咕噥道，也如你所料。

「長期來看也就算了，眼前的事也很重要。」

「但探索迷宮本來就會有風險。差別只在現在去面對，或是繼續拖延。」

蟲人僧侶接著說。

「這次能避免，下次就不一定了。看是要保留餘力，還是累積經驗。」

他的意見，你也大概猜得到。

——也就是說？

「我都可以。」

聽完眾人的意見，你深深吐氣。

蟲人僧侶也沒有積極贊成。目前是二對二。

雖然不是要用多數決決定，看這情況——

「…………」

女戰士沉默不語，坐在桌子角落發呆。

必須問問她對這件事有何意見。

平常談正事的時候暫且不提，每次討論事情時，她經常會開幾句玩笑。

被你叫到的她一副不知所措的樣子，支支吾吾地說：

「咦，我，我嗎……？我……我——」

你點頭催促她繼續說，不久後，她低聲咕噥道。

「——我想解決這個問題……」

她難得用這種十分溫順柔弱的語氣說話。

她抱著雙膝坐在椅子上，像小孩子一樣點頭。

「嗯……我想幫忙……因為這件事不只關係到我們。」

——原來如此。

這樣所有人就都提出意見了，你點頭表現出在深思熟慮的模樣。

女戰士發現那個動作，跟平常一樣揚起嘴角。

「……不過頭目說不行的話就沒辦法了。」

「對啊！」半森人斥候立刻附和，你也忍不住笑出來。

「是咱們選擇老大當頭目的，別管那麼多，自己決定就行哩。」

蟲人僧侶一語不發，女主教只是帶著意義不明的笑容晃動身子。

「——對不對？」

看到姊姊一臉「姊姊說得沒錯吧？」的態度，你感到無奈。

這幾位旅伴真是彌足珍貴。

你可以跟他們一起潛入地下二樓，和寒酸男戰鬥，也可以避免這場戰鬥。

該由你自己決定，選擇權握在你手中。一直都是自由的。

——就這麼辦。

你果斷地宣言。

漠視犯罪，與犯下過錯同義。

再說，你們遲早會跟迷宮最深處的「死」交戰。區區小混混何足為懼？

「決定了嗎！」

「看來是這樣。」

半森人斥候、蟲人僧侶和你互相點頭。

既然方針已定，之後只需要按照計畫，付諸行動。

反正你們本來就打算在下次探索時進入地下二樓，這一點沒有變化。

通往地下二樓的路線，只要等女主教酒醒應該就沒問題了。

關鍵在於面對與強敵的戰鬥，路上能節省多少精力——

「……嗯。謝謝。」

女戰士輕聲說道，你搖頭表示沒什麼好謝的。

因為你只是做了對團隊的未來更有幫助的選擇。

「呵呵呵，姊姊很高興弟弟長成了一個溫柔的孩子喔？」

吵死了，這個可惡的**再從姊**。

你如此抱怨，提高音量叫住女侍。

明天又要進迷宮了。再喝點酒打起幹勁也無妨吧。

同伴們看你這樣，紛紛笑出聲，被酒館的喧囂聲吞沒，逐漸消逝。

「對了老大，明天金剛石騎士那夥人好像也要去二樓。」

這樣啊。你毫不克制地舉杯灌酒，專心聆聽斥候說的話。

剛才的情報也是，虧他有辦法聽說那麼多傳聞。

「因為咱是斥候、盜賊嘛，耳朵不靈一點怎麼行。」

他抱著胳膊，得意地靠向椅背，表現出理所當然的態度。
「說實話，不在這種地方多做出一點貢獻，咱就只是個開寶箱的。」
你回答「我並不覺得」。
因為你在各種小地方受過他相當大的幫助。
「勤快點就是生存策略的祕訣囉，真的。」
他笑著聳肩。
原來如此，用這個道理來說，他巧妙地讓你中了他的生存策略。
「對呀。所以你只要把開寶箱的工作做好就行。」
聽見這段對話的女戰士，以格外明亮的聲音插嘴。
轉頭一看，不曉得這是第幾杯了，喝酒喝得不亦樂乎的她臉頰泛紅，目光迷離。
「啊，不過怕的話要講清楚喔？反正很多人能代替你。」
「我來。」蟲人僧侶馬上開口。「『預見』的神蹟也能看穿寶箱的陷阱。」
「哎呀……」
半森人斥候表情僵硬，你們哄堂大笑，吃飯、飲酒。
——儘管可供使用的只有錢包裡剩下的零錢。
你們各自度過假日，提升力量，祈禱明天的迷宮探索行能夠成功。

所有人聚在一起舉杯狂歡的機會，彌足珍貴。
下次未必是同一群人。
若一直將與這座城市比鄰的死與灰放在心上，連生存都有困難。
因此冒險者才會狂歡。而你們也仿效了他們。

★

不過，你可不想死於宿醉。
你將喝得爛醉的半森人斥候與蟲人僧侶扔進稻草堆，獨自來到馬廄外。
滿天星斗中，看得見明亮的夜空有一條白線延伸至遠方。
大概是遙遠的彼方，據說有龍居住的那座山的山嵐。
你連同刀鞘抽出腰間的無銘刀，盤腿坐在小屋旁邊。
初夏的夜風溫柔拂過因酒精而泛紅的臉頰。
你在星光下拔出彎刀。
仔細檢查刀刃，確認釘釦是否鎖緊，調查纏在刀柄上的鯊魚皮的狀態。
師父教過你，刀劍不只是單純的武器。
而是位於自己的身體、技術、心靈的延長線上，乃自身的一部分。

就算不是這樣，你明天也將把性命寄託在這把刀上。

連萬分之一的疏忽都不能有——千萬不可疏於保養武器，你一直謹記在心。

「……哦，你睡在這種地方呀。」

突然傳來的聲音令你猛然抬頭，握緊刀柄，又放鬆。

「——啊哈，我來了。」

在星光的照耀下，女戰士像個孩子般愉快地笑著。

她無視困惑的你，坐在稻草堆上。

沒什麼動物的體味，大概是因為比起馬匹，冒險者更常睡在這裡。

女戰士好奇地用手掌壓稻草堆，確認觸感。

「哎呀，比想像中還軟。真想在上面睡睡看。」

你無法掌握她的真意——好吧，這也不是一天兩天的事——側身面向她。

女戰士移動柔軟的身軀，靠到你身旁。

「呵呵，你該不會在期待什麼吧？很遺憾。」

她輕笑出聲，你苦笑著搖頭。

看見你的反應，女戰士興致缺缺地哼了聲。

擅自離開房間，堂姊跟女主教不會擔心嗎？

「因為，她們酒量都很差。」

——醉倒了嗎？

哎，十之八九是**再從姊**害的吧，她們中午就在喝酒，這也沒辦法。

「我覺得很無聊，從窗戶看出去，發現看得見馬廄。所以就來打發時間了。」

原來如此。你點頭。

你本來是顧慮到同伴們和其他冒險者都在睡，才在月光下磨刀……

結果反而引起她的興趣。

算了，你也還睡不著。陪她聊聊天也不是不行——

「……這是表面上的理由啦……」

你抬起視線，對上女戰士清澈的雙眸。

仔細一想，她曾經像這樣筆直看著你過嗎？

「……剛才謝謝你喔？」

她露出柔和的微笑。

不是平常那種掩飾感情的笑容，而是與年齡相符，少女般的表情。

從衣服底下伸出的白皙雙腿、她的微笑、身旁的體溫、柔軟的身軀。

你努力將視線從這一切上頭移開，仰望天空。

雙月及裊裊白煙映入眼簾。

——對你來說，她的意見占了一部分，但不是決定性的原因。

提議的人當然是你，但該列入考量的不只有個人的感情。
而是對團隊的未來而言，哪個選項較有益處。
因此她不需要放在心上。
而且就算發生意外，責任也在你這個做出判斷、下達決定的頭目身上。
你花了幾分鐘的時間，告訴她這件事。
「哦……很會耍帥嘛。」
女戰士一邊觀察你的模樣，輕聲呢喃。
「你果然挺愛面子的。」
你一本正經地回答這不是愛面子，是你的堅持。她笑出聲來，然後就沒再說話。
只聽得見些微的呼吸聲與風聲。遠方還傳來酒館及街道上的喧囂聲，但也只有這樣而已。
她一陷入沉默，你便將彎刀收進刀鞘，仰躺在稻草堆上。
細微的衣物摩擦聲傳來，你隱約察覺到女戰士在看你。
過沒多久，你聽見少女的笑聲。
「……欸，你有點期待對吧？」
——什麼東西？你笑著閉上眼睛。

明天也要早起。除了要除掉那群不法之徒外，也是第一次挑戰地下二樓。對我們的團隊來說事關重大，睡眠不足就糟了。

她聽了也「是啊」點頭贊同，你感覺到她站了起來。

接著是拍打衣服的聲音，稻草散落一地。

「不過，我說不定有點期待喲？」

這次你沒有回答，她也一語不發，回到旅館。

那一晚——就這樣結束了。

§

「嗚、嗚……頭好痛……」

城塞都市迎來早晨。

你對走路搖搖晃晃的**再從姊**嘆氣，來到大街上。

白色霧氣、清爽寧靜的氣氛，過沒多久就會被捎來人們談話聲的風吹散吧。

剛醒來的街道杳無人煙，不久後卻充滿活力。

雖然大概只有這座城市看得見冒險者團隊走在路上，裝備晃得喀啷喀啷響的景象。

——話說回來，為何要喝成這樣？

「我、我想說有『解毒』的藥……」

哪能把珍貴的解毒劑用在宿醉上。

堂姊萬分沮喪地垂著頭，所以你決定不再多說。

仔細一想，她住在老家時，沒什麼跟朋友、同伴喝酒的機會。

而你們都是隔天就有可能喪命的人，這一點也無須多言。

「還好嗎……？」

「嗯……沒事。」

怎麼看都是良家婦女的女主教卻一副沒事的樣子，你感到意外。

她手持天秤劍小步走著，甚至還有心思擔心堂姊。

不過，嗯，每個人都有過去。

「呵呵，早知道去寺院的時候多拿點藥。」

老樣子帶著捉摸不定的笑容的女戰士也一樣。

你覺得跟她講太多話也不太對，於是只有點頭。

她也沒有要提起昨晚事情的跡象。

明明不是多虔誠的信徒，女戰士卻經常出入寺院的理由，你也不知道。

然而，挑選同伴不需要身家證明。所以這樣就行了吧。

「咱也聽朋友說過，在喝醉的情況下睡覺，精神不會恢復。」
半森人斥候在你旁邊嚴肅地說，他昨天也醉得很厲害。
但半森人、圃人這些種族，和凡人的身體構造不同。
「無所謂，別念錯咒文就好。」
至於蟲人僧侶，你知道他在咀嚼醒酒的藥草。
你默默伸出手，他嘖了一聲，從懷裡拿出一根藥草。
你接過它，同樣默默遞給身後的堂姊。
她愣了一下，雙手拿著藥草嚼起來。
「……好苦！」
所以才能醒酒。
你一語駁回她的抗議，穿過街道，走向城外。
要挑戰宛如齜牙咧嘴的野獸的深淵，卻喝到宿醉，未免太有勇無謀。
你們該對付的敵人是「死」，從迷宮深處向四方世界伸出魔爪的某種存在。
對於只會在地下一樓徘徊的你們而言，是無法觸及的敵人，但今天起就不一樣了。
今天要探索的是地下二樓。儘管看起來沒有太大的差距，可以說你們正在按部就班地縮短距離。

你努力將這一點放在心上，穿過大門，走向迷宮入口。
擔任門衛的近衛騎士已經認識你們了，但她認識的冒險者肯定很多。
不過，在跟近衛騎士混熟前就沒命的冒險者也很多——沒錯，「死」。
愈靠近迷宮，「死」的氣息就愈來愈濃烈，簡直像鐵鏽味——
「……有股血腥味。」
女主教率先喃喃說道。
聲音非常平靜冰冷，因此你沒有立刻發現是出自她口中。
你們停下腳步，看守迷宮入口的近衛騎士納悶地看著你們。
她的表情彷彿在說「怕了嗎？」，你急忙搖手。
若你真的在害怕，你甘於接受那樣的評價，但事實並非如此還被人這樣看待的話，有損你們的名譽。
名譽受損即為失態，最後還得選擇自我了結生命，所以你想避免這種事發生。
不過，雖說迷宮內的慘狀足以用屍山血河形容，味道竟然傳到了地面，代表……
「不好意思，麻煩讓開點！」
這聲呼喊，在連你都聞得到血腥味的時候傳來。
從迷宮飛奔而出，裝備晃得喀啷作響的，是熟悉的團隊。

包含紅髮冒險者在內的隊伍成員，攙扶著金剛石騎士。

每人都遍體鱗傷，鎧甲滿是髒汙，也有人背著全身無力的同伴。

走在最前面的金剛石騎士同樣面無血色，實在稱不上平安無事。

因為他身上的鎧甲，喉嚨部分用染成紅褐色的破布壓住。

——明顯是敗退。

用不著多說，你們便主動讓路，他們輕輕低頭致謝，從你們身旁衝過去。

擦身而過的瞬間，金剛石騎士和你對上目光，看著你想說些什麼。

但他沒有發出聲音，在你明白他的意圖前，一行人就迅速離開了。

留在原地的你們互相使了個眼色，望向近衛騎士。

她困惑地聳肩，仍然一語不發。

「……是哥布林嗎？」

「感覺不像史萊姆。」

女主教和女戰士以掩飾不住緊張的聲音交頭接耳。

你極其嚴肅地說可能是哥布林，也可能是史萊姆。

「喂。」堂姊鼓起臉頰，從背後輕戳你，你毫不介意。

「……他們的團隊今天是去二樓對吧？」

你點頭對半森人斥候表示肯定。

恐怕——是遇到那群寒酸男了。

看來對方比想像中更難纏。儘管不能大意，這是個好機會。

畢竟敵人肯定也有消耗戰力，想解決他們就趁現在。

「可是，那樣……」

聽見你那句話，堂姊不知所措地說。

「那樣簡直跟剿滅怪物沒兩樣不是嗎……」

蟲人僧侶嘴巴敲得喀嚓喀嚓響，露出難得一見的笑容。

「也就是說，那些傢伙已經是不祈禱者（Non-Prayer）了。」

★

從結論來說，史萊姆出現了，哥布林也出現了。

「……嗚。」

「討厭，不要啦……！」

女主教臉色蒼白，身體僵硬，牙齒打顫。

旁邊是表情泫然欲泣的女戰士，正在趕走纏在身上的黏液。

只看得見白色輪廓線的迷宮中，以樓梯為目標的路途當然不會安全。

即使不進墓室，也很可能撞見在迷宮徘徊的怪物。

你踢散腳邊分不清是血液或黏液的黏稠水窪，回望身後詢問「還好嗎」。

先不說那兩人，其他同伴受傷可就糟了。

「……我嚇了一跳，結果症狀有點好轉了！」

再從姊精神百倍地回答，她所說的應該是宿醉。

你告訴她八成是醒酒藥草的功勞，將彎刀上的血甩掉，收刀入鞘。

「是說，這座迷宮的主人（Dungeon Master）真夠惡劣的。」

斥候搜著倒在汙水上的小鬼屍體，不屑地罵道。

「同樣得賭上性命戰鬥，這些傢伙卻跟墓室裡的怪物不同，不會有寶箱，感覺好虧。」

「八成是不想讓眼中只有錢的人進到深處。」

蟲人僧侶跟你一樣擦乾淨小刀，收進刀鞘，邊說邊點頭。

「既然同樣有危險，比起繼續探索，每天在一樓的墓室互相殘殺更好。」

你從行囊裡取出水壺漱口，詢問女主教和女戰士的狀況。

「……是的，我沒事。」

「討厭，人家新買的鎧甲耶……」

女主教僵硬地點頭，女戰士則嘟嘴鬧起脾氣。

先不管是裝出來的還是發自內心，既然她們表現得很正常，那就沒問題了。

你向同伴發號施令，走往輪廓線綿延的迷宮深處。

總而言之，你們節省法術來到了樓梯旁邊，可以說有個好開頭。

你將周遭的環境交給斥候觀察，詢問接下來的路線。

「啊，好的。」女主教攤開戰鬥時連忙收起來的地圖。

堂姊從旁邊探出頭，用拿著短杖的那隻手撫過地圖表面。

「剛才我們在的地方，是這附近嗎？」

「是的，在那邊發生了戰鬥，所以……往東一格，往北……」

墓室中也就算了，在走道上也會發生戰鬥，所以很可怕。

畢竟戰鬥這種行為，未必會停留在原地。

拉近、遠離、展開亂鬥，或者突破重圍。

你可不想因為位置在戰鬥途中改變，在沒發現的情況下重新開始探索，導致迷路。

儘管還沒發生過這種事，要是不小心踩到旋轉地板，改變了方向，那可不是鬧著玩的。

重點在於，讓她專注在其他事上，也能幫忙轉移注意力吧。

你一面調整因戰鬥而變急促的呼吸，一面等待女主教畫好地圖。

「嗯，我們避開暗黑領域繞了遠路，應該過不久就會抵達樓梯。」

你點頭表示明白，接著輕拍女戰士的肩膀，邁步而出。

她的衣服緊貼在溼潤的肌膚上，你卻毫不介意。

女戰士不曉得有沒有發現，哼了一聲，小跑步跟在後頭。

不久後，你們抵達與其說是樓梯，以繩梯稱之更加貼切的設施。

能供人攀登的繩梯，掛在貫穿樓層的豎穴旁。

無法判斷是第一個抵達迷宮最下層的冒險者留下的，還是一開始就有。

再說，抵達迷宮最下層的人是否真實存在，你並不知道。

不過……無論如何，肯定是冒險者賴以為生的移動手段。

你走到洞穴旁邊，往下窺探。

——一片黑暗。

開口呈四角形的黑暗彷彿在注視你的雙眼，狠狠瞪著你。

「掉下去就沒救囉。」

半森人斥候探頭看了眼，旁邊的蟲人僧侶說：

「未必。待在迷宮裡五感會變得不正常。也許只是距離感受到擾亂了。」

蟲人擁有不同於凡人的眼睛，眼中的世界肯定也跟你不一樣。

然而，他說得對。

在這座迷宮看見的景色只有黑暗，以及浮現於空中的模糊輪廓線。

搞不好非常淺的地方就有黑色地板可以踩。

「那我從後面嚇你一跳……」

你冷冷望向**再從姊**。

「……我不會這麼做啦，嗯。」

那就好。

「二樓會有什麼東西呢？」

你知道女戰士這句呢喃有何意圖，回答「怪物吧」。

儘管這樣分類很粗糙，怪物就是怪物。不管是哥布林，還是史萊姆。

他們棲息在有那些怪物徘徊的空間中，所以蟲人僧侶剛才所說的話，也算正確答案吧。

等等，你們必須與可畏的不祈禱者(Non-Prayer)交戰。

——隊列跟以往相同。

你、女戰士、蟲人僧侶在前，堂姊、女主教、半森人斥候在後。

既然如此，理應由你先下去，確保安全的著地點。

你握住繩梯提議，感覺得到眾人紛紛點頭。

「那咱最後下去比較好。畢竟上面也得有人負責看著。」

「不好意思，麻煩了。」

半森人斥候拍拍胸脯，擔下這個任務，女戰士不停鞠躬。

前衛要先下去的話，必須保持在發生什麼事都能立刻折返的狀態下。

你調整彎刀刀鞘的位置，將它放到背後，以免妨礙你降落。

「我說，先下去的人應該不會從下面偷看吧？」

用不著多說，突然扔出這句話的正是女戰士。

她微笑著把手放在豐滿的胸部前，望向你。

「對不對？」

「沒興趣。」

你想找人求救，蟲人僧侶卻依然冷漠。

怎麼會這樣。

「不可以偷看喔。」

再從姊也仔細叮嚀你，女主教目不轉睛地看著這邊。

她的雙眼當然黯淡無光，不過其視線有時會變得相當冰冷銳利。

——算了。

你苦笑著重新抓好繩梯，用力一扯，確認是否牢固。

明白繩梯不會輕易鬆掉後，你緩緩跳進洞穴。

腳尖碰到繩子，先喘口氣。然後慎重地開始往下方移動。
上方的夥伴轉眼間從視線範圍內消失，只剩下你獨自留在黑暗中。
害怕歸害怕——但緊張不能帶來勝利。
邊前進邊跟同伴聊天放鬆精神，應該是最好的。
一個人被隔離在這塊黑暗的空間中，感覺就是這麼差。
你做好覺悟，一層層爬下繩梯，前往仍未涉足的地下二樓。

★

——地下二樓的景色同樣毫無變化。
空氣冰冷。一片黑暗，以及空中浮現輪廓線的迷宮。
你身在中央，呼喚上方的同伴，搖動繩梯。
首先是蟲人僧侶俐落地爬下梯子。
你稱讚他動作熟練，他簡短回答「還好」。
不曉得是種族優勢，還是基於過去的經驗，總之十分可靠。
「等我一下喔？」
女戰士似乎花了點時間，原因應該在於長槍的拿法，而非繩子的高度。

她本來在思考要如何在不讓長槍掉下去，又不會卡到繩子的前提下拿著它，最後好像放棄了。

她用繩子綁住長槍，斜掛在胸前，背著它終於爬下繩梯。

「久等了？」

她踏著輕快的步伐降落，動作完全感覺不到鎧甲及身體的重量。

你點頭回應。她是以敏捷度為武器的戰士，因此你並不意外。

——問題是下一個人。

「慢、慢、慢一點……！」

「不、不要搖喔……!?」

視力不佳的女主教也就罷了，堂姊動作也很緩慢。

你知道她們的出身，所以沒什麼好抱怨的，不過是否該想點對策？

繩梯應該沒多高才對，兩人卻戰戰兢兢。

你告訴她們就算掉下來也有人會幫忙接住，可惜沒什麼用。

「恐怖的是掉下來這件事，跟掉下來後會不會受傷無關。」

原來如此，說得對。既然蟲人僧侶這麼說，那就沒辦法了。

你搖頭表示無計可施，決定觀察室內。

看來那裡是迴廊的一部分，怪物沒有立刻出現的跡象。

問題在於這裡是地下二樓的何處。

雖說迷宮直達地下深處，未必是垂直往下挖的。

以步數來計算的話，構造似乎是統一的，但無法判斷是不是地下一樓的正下方——

「對、對不起，讓各位久等了……」

「終於下來了……」

不久後，女主教和**再從姊**總算抵達。

再從姊癱坐在頻頻低頭致歉的女主教旁邊。

你笑她這樣很難看，她噘著嘴鼓起臉頰。

「可以爬樹的你和姊姊是不一樣的！」

也就是說，如果小時候她也能爬樹，就會跟你不相上下了嗎？

你對不服輸的堂姊搖頭，問半森人斥候「你怎麼看？」

「嗯——戰士跟魔法師沒法比吧。」

沒發出半點聲音就下到地下二樓的動作，只能說不愧是專業的。

斥候俐落地檢查好裝備，「行啦。」點點頭說。

「無論如何都會有技術差距，不必那麼介意。」

「看，你就是缺乏這種貼心的部分！對不對？」

堂姊似乎很滿意斥候幫她說話，一逮到機會就轉守為攻。

她還向女戰士徵求同意，搞得人家不知所措。

「我們還學了魔法書上的新法術喔，小心不要漏看！」

她信心十足地挺起豐胸，好吧，她的技術本身確實挺可靠的。

你提醒眾人差不多該出發了，制止他們繼續嬉鬧，切換心態。

終於要開始探索地下二樓——以及與寒酸男對決。

敵人應該不可能知道你們的存在，不過對雙方來說，這都是一場沒來由的戰鬥。

若在這座迷宮遇到怪物或冒險者，等待你們的只有勝利或「死」。

「所以，要從哪開始搜？」

蟲人僧侶的問題令你陷入片刻的沉思，判斷那些傢伙目前不會在太遠的地方。

就算是跟怪物同等的存在，理應也會考慮到便利性才對。

獵物是探索地下一樓的冒險者的話，推測不會在離樓梯太遠的地方埋伏。

「我同意。前提是沒有其他樓梯就是了。」

若有其他樓梯，又能解開一個迷宮的新謎團。

不管怎樣，既然金剛石騎士一行人對他們造成了傷害（Damage），沒道理放過這個機會。

他們應該不至於一刀都砍不中敵人，所以照理來說，敵人也會受到相應的傷害。

治傷的時間自不用說，連害怕追擊，將據點移至深處的時間都不會有。

萬一敵人強到金剛石騎士的團隊連反擊的機會都沒有就落荒而逃——

——很遺憾，你的冒險將在此結束。就這麼簡單。

「那趕快出發唄，老大。那些傢伙八成藏了一堆寶物。」

半森人斥候咧嘴一笑，你向他點頭，催促眾人整隊。

堂姊跟女主教似乎也已經調整好呼吸，這樣就沒問題了。

你們跟平常一樣排好隊，與夥伴們一同踏進迷宮的輪廓線中。

「往北……一、二……」

聽得見女主教攤開羊皮紙，鐵筆在其上繪製地圖的聲音，以及你們的腳步聲。

你認為自己已經很習慣探索了，迷宮內部卻比想像中還安靜。

或許該說起伏劇烈吧，至少並非隨時都有聲音，處在激昂的狀態下。

儘管不能大意，無時無刻都繃緊神經的話，緊要關頭反而會疲憊不堪。

為了避免這種情況發生，你轉頭說道「地下二樓好像沒有小鬼」。

「這……呵呵，我該慶幸嗎？」

女主教突然停筆，露出參雜困惑、害臊、安心的笑容。

「這裡沒有是很好，可是地下一樓有……」

並不是不存在。原來如此，你從來沒這樣想過。

不過，迷宮就是怪物源源不絕的地方，小鬼亦然。

想驅逐迷宮裡的哥布林，除了討伐最底層的「死」外別無他法。

「……原來如此。」回應你的呢喃十分認真、嚴肅。

「我也沒這樣想過……」

「欸，那史萊姆呢？」

女戰士突然拉扯你的袖子，輕聲問道。

你看都不看她一眼，冷冷回答「難說」。

「呣。」很刻意的聲音。她大概是鼓起了臉頰。「不覺得你態度很冷淡嗎？」

「別在意。」

半森人斥候笑著從後方插嘴。

「我看老大已經對自己能砍的東西沒什麼興趣了。」

別把我跟劍鬼（Mifune）混為一談。這次輪到你抱怨。

女戰士大概是因此出了口氣，詢問斥候：「那你呢？」

「這個嘛。」半森人斥候想了一下，悠哉地回答：「史萊姆和哥布林身上都沒什麼錢，咱也沒興趣囉？」

「眼中只有錢的意思。真沒志氣。」

「哎呀……」

半森人斥候刻意表現出無言以對的模樣，女戰士笑出聲來。

瞇起眼睛笑著看大家聊天的堂姊喃喃說道：

「這個嘛，人形生物可以用來測試新魔法，所以我倒是挺歡迎的……」

「對呀。」同意她的是語氣變輕快的女主教。「好不容易學會了。」

「真可靠。」

女戰士像在唱歌似地說，以輕盈的動作揮動長槍。

你跟著駐足，蹲低身子，穿著皮襪和草鞋的雙腳在地面拖行，尋找適當的位置。

「看來沒那麼順利。」

蟲人僧侶開口說道，從掛在腰部後方的刀鞘中，拔出彎成く字形的小刀。

你們停下腳步，視線前方的通道上，充滿顏色十分噁心的氣體。

若單純只有氣體，應該只是陷阱，那東西卻蠕動著逼近你們。

明顯是生物的動作——是遊盪的怪物！

「這個……用刀砍用槍刺會有用嗎……？」

女戰士會有這個疑問很正常。

在你們眼前妨礙通行、蠢蠢欲動的，是一團氣體。

沒錯，顏色看起來有毒的那東西似乎是複數的個體，只能用「一團」形容。

怎麼看都是活著的，但明顯是魔法的產物，而非尋常的生物。

既然如此——光看看不出刀刃或棍棒是否能對其造成傷害（Damage）。

「對不起，我想……新學會的法術大概沒什麼用。」

你叫愧疚的堂姊不必放在心上，拔刀出鞘。

雙手穩穩將彎刀拿在下方，拖著步伐向前一步。

無論是刀刃、法術抑或其他，沒有光憑一種武器就能應付所有敵人這種事。

若你們的物理攻擊無效，剩下就只能依賴堂姊跟女主教的法術。

新學會的法術派不上用場，有什麼好責備的？

你對女戰士及蟲人僧侶使了個眼色，咆哮著向前踏步。

維持上半身後仰的姿勢，單腳繞到身後，由下往上一揮。

刀刃滑進氣體之中，直接劃過虛空砍到上方。

你迅速抽回彎刀，站起身，瞪大眼睛。

——有用！

蠢動著的氣體中了你那一刀，如雲朵散去般變小了。

不僅如此，還跟被砍中的動物一樣痛苦地掙扎！

「看起來沒問題……！」

女戰士回應道，單手持槍，敏捷地拉近跟敵人之間的距離。
然而，在你感覺到根本沒刺中實體的瞬間，氣體猛烈膨脹。
「CLOOOOOUDDD！！！」
比起鳴叫聲，那僅僅是風吹過時發出的聲音。
然而氣體罩住臉頰的同時，你忍不住跪到地上。
像脖子被人掐住一樣喘不過氣，以及活力被瞬間奪走的感覺。
那東西彷彿要烙印在你臉上，明顯是活生生的氣體的攻擊。
你胡亂揮手，試圖驅散霧氣，迷宮冰冷的空氣一口氣灌進肺部。
「嘿！」
女戰士從拚命咳嗽的你旁邊衝過去，代替你上前。
槍尖伴隨可愛卻銳利的吆喝聲劃過空中。
如字面上的意義驅散氣體，可惜敵人沒那麼好解決。
四散的霧氣飛沫化為粒子，黏在女戰士臉上。
「嗚、啊!?」
女戰士發出微弱的呻吟聲，腳步不穩，身體後仰。
看見她臉色立刻刷白，你在戰場上睜大眼睛。
——毒氣！

「別、擔心……！我沒事！」

女戰士用長槍撐住身體後退，你清楚看見她點了下頭。

後方的堂姊、女主教急忙準備行動，你伸手制止兩人。

「小心，跟一樓的怪物不同！」

蟲人僧侶一隻手反手拿起小刀，另一隻手結起風之神——交易神的法印，一面吶喊。

「『我等繞行世界的風之神，尚請為我等消去旅途中的聲音』！」

瞬間——風停。

讓氣體動作明顯變遲緩的，是「沉默」的神蹟，防風的祝福。

這樣就用不著祭出其他法術了。

原來如此，確實跟一樓的敵人不同。不過——

你將彎刀拉向肩頭，踏進氣體的聚集處，同時高高舉起它揮下。

「CDDLOOOUDD！？！？！？」

——很弱。

斬斷虛空的那一刀，讓蘊含毒素的霧靄徹底煙消雲散。

瀰漫走道的霧氣散去，金幣喀啷喀啷地掉在地上。

法陣的核心，恐怕是被給予生命的硬幣。

因此你們根本沒有經歷到戰場上的勾心鬥角，就贏了這場遭遇戰。

★

——這個起頭可以說好，也可以說不好。

「我怕苦……」

你和愁眉苦臉的女戰士平分珍貴的解毒劑喝，喃喃自語。

就算是迷宮的一角，也能用聖水畫圓陣紮營。

當然維持不久，但足夠用來稍事休息了。

你環視在圓陣中隨意休息的同伴，將喝光的瓶子放到地上。

「欸，欸，要不要吃點烤餅乾？旅館的人給我的，他們說很好吃！」

「啊，謝謝……我不客氣了。」

堂姊及女主教分著糧食吃，兩人看起來有點疲憊，不過似乎不是體力方面的問題。

果然是因為從城裡長途跋涉到地下一樓、地下二樓的關係吧。

但法術並沒有用掉。你沒忘記，所以不成問題。

「是說，都是隨機遭遇（Random Encounter）的話，就沒咱的工作哩。」

同樣擔任後衛的半森人斥候無所事事地把玩著小刀，咯咯大笑。

他只要戒備後方即可——雖然這個工作極度重要——因此沒消耗多少體力的樣子。

可是，太過鬆懈也有問題。儘管這部分的分寸他拿捏得很好……

「哎，放心啦。搞不好走道的哪個地方有隱藏門。」

他察覺到你的視線，揚起嘴角。你點頭回應。

「…………唉。」

令人擔心的反而是女戰士和你。

集中力這種東西並非無窮無盡。

目前女戰士就帶著略顯疲倦的表情，懶洋洋地靠著槍柄坐在地上。

如果問她是不是累了，她八成會回答沒問題。

或者——帶著一如往常的輕浮笑容說她累了。

無論如何，她都不會明白講出真心話。必須由你來判斷。

突破地下一樓、地下二樓的第一戰也勝利了。

因此算是個好的開始——但考慮到眾人的消耗量，歷經兩戰實在稱不上好。

你陷入沉思，突然聽見喀嚓喀嚓的敲嘴聲。

「哎，苗頭不對的話撤退就行。」蟲人僧侶瞄了上方一眼。「和那些人一樣。」

你對蟲人僧侶這句話表示同意。前衛不只你和女戰士，還有他在。
你沒有凡事都要依賴他的意思，但不依賴同伴，組成團隊又有何意義？
你提議「要撤退的話，用猜拳決定誰殿後」，他默默聳肩。
「…………？」
這時，女主教忽然抬起臉抽動鼻子。
「怎麼了嗎？」
「……啊，沒事。」
堂姊疑惑地盯著她的臉，幫她拿掉嘴角沾到的餅乾屑。
女主教紅著臉低下頭。大概是從氣息感覺到堂姊把餅乾屑送入了口中。
「怎麼說呢，那個……好像，有股血腥味……？」
「搞不好不是錯覺喔。」
半森人斥候明白肯定女主教缺乏自信的這句話。
「就算去掉咱們剛才在上面遇到的那些騎士，那些傢伙應該殺了不少人吧？」
那麼即使迷宮裡遇不到其他冒險者，總會留下痕跡——的意思。
你產生小混混的巢穴裡堆滿冒險者屍骸的幻視，將其驅散。
這樣的話，果然該說有個好的開始。
你們擊退了毒氣體（Gas Cloud），逐漸逼近不法之徒的根據地。

只要踏出去的那一步確實有在前進，在迷宮裡就稱得上最好的結果。

畢竟腳下有個落穴，於此處是再平凡不過的事。

你們原本就跟地下二樓不熟，就遵照女主教的感覺前進吧。

「我嗎？」

聽你這麼說，她不安地垂下眉梢，不久後握緊天秤劍。

「……知道了。」

她認真地點頭，蟲人僧侶簡短回答「我來畫地圖」。

原來交易神是風之神、旅行之神，也是地圖之神嗎？

你這麼問道，他敲了下嘴巴回應。夠明確的答案了。

你稍微調整呼吸，輕拍神情憂鬱的女戰士的肩膀。

女戰士茫然地仰望你，接著「嗯」輕輕點頭。

「是啊……看起來是跟一樓的敵人沒什麼差……」

她單手持槍，站了起來，其他同伴也各自做好準備起身。

確認自己裝備齊全，檢查武器及防具。你當然也有幫忙。

因為以行動表現團隊頭目有仔細看好所有人，能給大家帶來安心感。

檢查完女戰士的鎧甲——嶄新鎧甲的扣具後，你迅速檢查自己的護具。

「不過，感覺得出敵人挺惹人厭的。」

蟲人僧侶突然喃喃說道。

除了僧衣外，他腰間掛著部族特有的彎刀，隨時處於備戰狀態。

你握住剛才輕拍女戰士溼掉肩膀的手掌，問「黏液（Slime）嗎」。

「對……不，不對。」他敲了下嘴，板著臉搖頭。「是氣體。」

剛才的毒氣塊，會蠢動的氣體嗎？你咕噥道，皺起眉頭。

再怎麼告訴自己起頭不錯，都無法改變你們出了差錯的事實。

若那是別人——先不管是誰——派來看守二樓的雜兵……

「不是單純的力量（Level）問題。那東西怎麼看都不是一般生物。」

這個嘛，的確。

於地下一樓徘徊的是小鬼、黏菌、活屍、骸骨戰士之流。

地下二樓則突然出現那個有生命的氣體。

而且還會散播毒氣，這樣看來……

——原來如此，代表事情沒那麼簡單嗎？

「是啊。我們還沒有治療中毒、疾病的神蹟。萬萬不可大意。」

「可是老大一刀就把牠砍了耶。」

半森人斥候前來通知你他準備完畢了，隨口說道。

就你看來，他的皮甲和短劍都保養得很好，沒有問題。

以為這種裝備通常會塗成黑色的人，看見那抹淡淡的紅褐色肯定會驚訝。
跟他一起共同行動後，你才知道那樣比較容易融入黑暗。
「既然砍得了殺得死，就沒什麼大不了。簡單啦。」
「哎呀，說不定會有只能用法術打倒的怪物喔？」
堂姊從後面插嘴，彷彿要斥責笑著附和「說得有道理」的你。
說到堂姊，打從一開始就知道若要打近身戰，她的勝算不會高到哪去。
因此除了最低限度的防具，只需要檢查她緊緊握在手中的法杖。
話雖如此，這當然是指裝備方面。術者的臉色及身體狀況也必須確認。
你點頭表示沒有問題，半森人斥候嚴肅至極地點頭。
「到時就拜託大姊的法術哩。」
「呵呵，交給我吧。不如說不只有我……對不對？」
堂姊笑著將手放到女主教的肩上。
雖然她只有緊張地點頭應了聲「是的」，女主教似乎鼓起幹勁了。
認真握緊天秤劍，靜靜邁步而出的模樣，十分令人心安。
你為此揚起嘴角，呼喚同伴。
——走吧。
整隊完畢的你們踩亂用聖水畫成的結界，重新開始探索。

沿著在黑暗中延伸的白色輪廓線，一步步確實地往深處前進。

「……我認為是右邊。」

每當經過轉角，女主教就會停下腳步集中精神，告訴你們前進方向。

沒有其他路標可供你們在未知的領域中前進，你們毫不懷疑地聽從她的指示。

你效法應該在背後集中精神的女主教，抽動鼻子。

你根本搞不清楚氣息是什麼東西，這也是當然的。

森人或魔法師暫且不提，身為凡人的你，眼中的世界平凡無奇。

現在在你眼前的只有黑暗中，輪廓線綿延無盡的迷宮。

既然如此，你哪有可能敏銳地感覺到氣息這種模稜兩可的東西。

你該留意的，應該是聲音，是風的觸感，是氣味，是陰影處，是呼吸。

對你來說，光是定睛凝視、豎耳傾聽，告訴自己不要大意，就得費盡心思了。

而重新注意迷宮的氣氛，會發現淤塞的空氣情報量不怎麼多。

該用無味無臭形容嗎——沒錯，是無。

只要離開一步，瀰漫於戰鬥剛結束的墓室的屍臭也會立即消失。

彷彿在逼你們只要想著在黑暗中前進即可。

身在其中的女主教一下指示「右邊」，一下指示「……大概是左邊」，發揮優秀的直覺。

也許你跟她認知到的世界並不相同。
或者這就是所謂的天賦吧？
這名看似不幸的少女擁有天賦，感覺到潛伏於迷宮深處的某種生物的天賦。
蠢蠢欲動的怪物，從最深處向世界散播災厄的某種生物，以及那群小混混。
一旦遇見他們，無論勝敗如何，必將迎來其中一方的「死」。
既然如此，在舌根擴散開來的無，是否就是「死」的味道……
這樣的想法閃過腦海，你苦笑著搖頭，將其驅散。
早該注意的。這樣簡直像被「死」囚禁住不是嗎？
反正衝進墓室就避不了戰鬥，隨時有可能遇見徘徊的怪物。
避不了的話，事到如今也沒什麼好擔心的。
思及此，心情似乎輕鬆了一些，活力傳遍緊繃的身體深處。
比起看不見的威脅，你該關心的是沉默寡言的女戰士。
「……………」
決定要與那群不法之徒對決後，女戰士就經常露出憂鬱的表情。
你沒打算隨便過問她的私事，但如果她的動作因此變遲緩就糟了。
那麼，該怎麼辦呢……
「啊，對了。」

這時，與你的不安極不相襯的開朗聲音傳來。

用不著說明，當然是堂姊，她窸窸窣窣地搜著肩背包。

「我在街上看到好吃的糖果。走在路上都不說話也很奇怪，大家要吃嗎？」

可惡的**再從姊**。這種事剛剛休息時就該說了吧。

堂姊無視你的抱怨，笑咪咪地遞出裝滿糖果的袋子。

你迫於無奈，從袋子裡拿了顆糖果扔進口中，皺眉。

——是薄荷。

「哎呀老大，你真不走運。」

笑著把糖果含在口中玩的半森人斥候敏銳地看見你的表情，推測他吃到了甜的糖果。

混帳東西——你噘起嘴巴，斥候仍然面帶笑容，瞥了旁邊一眼。

你跟著看過去，發現蟲人僧侶伸向袋子的手停在半空中，面色僵硬。

「……薄荷。」

對，薄荷。你點頭，他故作鎮定，緩緩搖頭。

「我不用……因為現在不能讓味覺受到影響。」

這樣啊。好吧，就當成是這樣吧。

他點頭回答「沒錯」，表情依舊嚴肅。

「那我也不用了。」

女主教把蟲人僧侶的態度當真，堅決推辭。

「是嗎？很好吃耶……」

「那戰鬥結束後我再吃。」

表情蒙上陰霾的堂姊，聽見女主教這句話立刻露出笑容。

然後雀躍地小碎步走到女戰士面前，將袋子遞給她。

「來，妳也吃一顆如何？」

「咦……」

明明沒什麼好意外的，女戰士卻顯得驚慌失措，目光游移。

你對困惑地望向這邊的女戰士點頭，堂姊臉上還是掛著笑容。

不久後，她一副放棄掙扎——或者說略顯猶豫——的模樣，戰戰兢兢把手伸向袋子。

「……有沒有草莓口味的？」

「有呀！我看看，是這個，大概！」

原來妳不確定啊。你從旁調侃她，堂姊反駁道「因為很暗嘛」。

好吧，先不管**再從姊**說得對不對，不選白色的就能避開薄荷口味。

蟲人僧侶聞言，咕噥道「原來還有這招」，半森人斥候笑了出來。

「薄荷也很好吃呀？」

女主教幫你說話，你不禁揚起嘴角。

大概是受到其他人的影響，女戰士默默從袋子裡拿出糖果，含入口中。

「……嗯，好甜。」

你斜眼瞄向含著糖果、樂得瞇起眼睛的女戰士，無奈地嘆氣。

——真是，就是因為這樣，你才敵不過那個堂姊。

之後，你們邊吃糖果邊走了一段時間。

舌頭上只剩下薄荷的餘香時，你們抵達了墓室漆黑的門前。

★

「……看起來沒上鎖，應該也沒陷阱。」

半森人斥候用掛在腰帶上的道具調查了一陣子，下達結論。

雖然他的講話方式及態度吊兒郎當的，個性卻十分慎重。肯定不會有錯。

你點頭回答「是嗎」，輕輕伸出用護手包覆住的手撫摸那扇門。

金屬製門扉與其他墓室並無二異，就你看來，構造太過一致了。

你不是在懷疑女主教，然而，那群小混混真的在這扇門後面嗎？

——這座迷宮不正常。

即使不久前這裡才發生過戰鬥，瀰漫內部的瘴氣也會將痕跡蓋過。

假設這裡是那個金剛石騎士今天早上跟他們開戰的地方，也沒辦法確認真偽。

「……那個，血腥味……」女主教無法斷言，說起話來吞吞吐吐。

「哎，打開就知道了。」

蟲人僧侶聳聳肩膀，反手拔出彎刀，已經準備就緒。

「管他是怪物或盜賊，我都可以。」

「對啊對啊。」

暫且不管悠哉附和的半森人斥候，你現在擔心的是女戰士。

你問她「妳可以嗎」，她先是「這個嘛」回以意義不明的呢喃，揮舞長槍。

「……嗯，沒問題。走吧？」

女戰士「喀哩」一聲，咬碎口中的糖果。

好。

你輕輕點頭，從腰間的刀鞘拔出愛刀。

連在昏暗的迷宮中都散發出澄澈的刀光，無銘，卻是把好刀。

你朝刀柄吐了口口水，用手掌抹開，拎著它重新面向門扉。

「……終於。」

堂姊輕聲說道，不曉得她知不知道你接下來要做什麼。

不失緊張感，聽起來卻有點放鬆的語氣，跟平常一樣。

「所以，有什麼計畫嗎？」

你揚起嘴角，以略顯做作的語調宣言。

——可以了，開始吧。

下一刻，你使出渾身的力量踹破墓室的門，一面大吼著報上名號，一面衝進去。

團隊的同伴們立刻一擁而上，跟在後面殺進墓室。

「什麼!?」

「冒險者又來了嗎……！」

大吃一驚的是聚在裡面的——那群寒酸男！

衝進昏暗的墓室後，果不其然，充斥嗆鼻的血腥味。

連偏僻荒廢的酒館都沒那麼臭。

滿地都是不明的汙垢及廚餘，骨頭及財寶一起塞在鍋子裡。

敵人的數量——有多少？你的視線快速左右移動，觀察局勢。

「你們幾個是什麼人……!!」

不過，有個人因你亂了手腳，匆忙舉起短劍。

——得手了。

你穩穩踩在地板的暗紅色汙漬上，一步、兩步拉近距離，舉刀揮下。

在空中描繪出銀線的刀刃，輕易砍進盜賊的脖子，斬斷血管，血沫飛濺。

「呃啊!?」

裂開的喉嚨發出類似笛聲的氣音，盜賊噴著血倒地。

不瞄準縫隙的話，再厲害的人都無法從鎧甲上將人體一刀兩斷。

你在拔刀的同時甩掉上頭的鮮血，迅速移動到墓室的中央區域。

只有一扇門，意即出口在背後。要守住這裡，不能讓任何一個人逃掉！

「交給我……！」

女戰士輕盈地跳到你旁邊，把長槍當成延伸出去的手腳刺向敵人。

「噗、嗚!?」

銳利的槍尖像蛇一樣由下往上彈，貫穿小混混的喉嚨，取其性命。

她拔出槍尖往旁邊一揮，牽制敵人，雙手牢牢握緊長槍。

這樣就解決掉兩個了。剩下六——不對。

「真是。今天客人怎麼那麼多，剛才那一批也是。」

一具巨大身軀從墓室深處的陰影底下站起來。

身上穿著不適合他的閃亮鍊甲，手上掛著大刀的蠻人。

——是頭頭嗎？

你謹慎地計算距離，緩緩將彎刀拿低。

這人想必不簡單。姿勢雖然隨便，若沒有兩把刷子哪能統率盜賊。

敵人共七名，數量我方占下風，再考慮到敵人的實力……

「……背後交給我了。」

蟲人僧侶輕描淡寫地說，彷彿要為你打氣。

他用反手拿著的彎刀擋住盜賊的攻擊，擔任前衛。

你輕輕點頭，望向身後。

半森人斥候手拿短劍，瞪著盜賊戒備，保護術者。

女主教緊張地拿著天秤劍，旁邊手持短杖、閉上雙眼的堂姊鎮定地說：

「請給我一些時間……！」

沒辦法。

你做了個深呼吸，調整氣息，計算腳底的石板數量測量距離，瞪向頭目。

「哦——三個男的，三個女的。不錯喔，剛打完一架，我正好肚子餓。」

疑似頭目的鍊甲男把大刀扛在肩上，齜牙咧嘴地威嚇你。

然後用慾望表露無遺的下流聲音大吼，撼動整間墓室。

「行，你們幾個！把這些傢伙的頭砍下來當玩具！」

歡聲四起，你身邊瞬間充滿武器的碰撞聲。

墓室沒有多大。就算要同時發動攻勢，也不可能七個人一起。

只要女戰士和蟲人僧侶守好，後衛應該不至於遭受攻擊。

萬一真的被敵人跑過去，半森人斥候也會拿刀應戰，維持戰線吧。

因為那是她們、他們的職責，而你的職責是——

「好，開打囉……！」

——……盡量在這個頭頭手下撐久一點。

§

在他揮下大刀的瞬間，你就看出從正面襲來的一擊沉重無比。

雖說刀刃磨損算不上多大的問題，整把刀斷掉可就糟了。你用刀背擋住大刀，讓攻擊路線偏移。

手麻掉了。一眼就看得出不能硬接。想要刀鋒刀鍔砍進額頭裡一命嗚呼的話，倒是另當別論。

唰。你調整呼吸，草鞋在殘留血與汙垢的深黑色痕跡的石板路上滑動。

——不簡單。

「唷，厲害喔！」

原來如此。雖說是小混混，身為率領團隊的頭目，自然會有點實力。

鐵鏽味及骯髒的裝束、閃亮的鍊甲、大刀，全是歷經過戰鬥的裝備吧。

當然也可能是虛張聲勢。不過鍊甲男強壯的身軀，否定了這個推論。

你心想這可能會是場硬仗，目光左右移動，謹慎地尋找敵人。

「嘿！」

旁邊的女戰士發出不合時宜的輕快吆喝聲，長槍在同時咆哮。

在封閉場所使槍會卡住，僅限於新手，內行人不可能出這種差錯。

長槍如同生物般，在女戰士小小的手掌中上下、前後移動，劃過空中。

「唔!?」

「包圍他們！槍沒辦法在狹窄的地方用……！」

「哎呀，不一定喔？」

就你看來，女戰士的戰鬥方式與其是用槍尖刺，不如說是用槍柄打……

「東張西望地沒問題嗎？雖然我也忍不住往那邊看了。」

你沒空觀察她的技術，只要不讓這群小混混靠近即可。

另一方面，你也聽見堂姊輕輕倒抽了一口氣。女主教則始終沉默不語。

她們倆必須專注在施法上，你不想帶給她們多餘的干擾。

你側過身子，護住待在身後的女主教及堂姊，觀察敵人的動作。

將大刀當成玩具扛在肩上的男子目露凶光，眼神宛如野獸。

咧嘴露出一口黃牙的模樣，跟在迷宮徘徊的怪物並無二異。

「我要吃了你們。噢，別誤會，我可是很紳士的。」

你的視線沒有從那把大刀上移開。

那麼大一把刀，動作應該很好預測──照理說。

當然，「頭腦簡單，四肢發達」這種說法，只不過是自以為是的刻板印象。

巨漢的臂力是力量，肌肉即為力量。萬萬不可小覷。

「我說的吃是字面上的意思。」

你心想「啊」的瞬間，驚人的衝擊襲來。大刀看起來像在發光。

你反射性把刀高舉至頭頂──騎士受傷的模樣閃過腦海──手放在刀背上，將彎刀豎起來擋在臉旁。

清澈的金屬聲！

手麻得彷彿有電擊透過刀柄傳來，尖銳的摩擦聲刺進耳中。

你像被槌子擊中般，身體搖搖晃晃，雙腿施力站穩步伐。

攻擊不是來自頭上。是橫掃的猛烈──瞄準脖子的──致命一擊（Critical Hit）！

「──！」

堂姊從身後呼喚你的名字，你卻聽不清楚。

不過你點頭。能夠點頭，還活著，沒問題。

金剛石騎士喉嚨被割傷了，光是看過那個畫面一眼，就決定了你的生死。

「噢，又失手了嗎？我是不是也犯糊塗了？」

鍊甲男悠哉地轉動手臂。

你瞄了自己的彎刀一眼。沒有斷，沒有彎曲，刀刃也沒磨損。很好。

——他不會再使出同樣的攻擊。

假裝由上往下劈，實際上是橫砍。厲害歸厲害，也只不過是第一次才管用的虛張聲勢。

只要一直偏移打點（Hit Point）就行。

然而，就算只中一刀，人類照樣會死。雖然敵人也一樣——

「看招!!」

你拖著步伐，逃出咆哮著逼近的大刀的攻擊範圍。

正面交鋒的話，不曉得你的刀何時會被彈開。手掌的麻痺感也仍未消散。

但這樣不行。必須進攻。不進攻就不會贏，想贏就得下殺手。

你向後退去，將雙手拿著的刀拿在下段，往右下移動。

穿在身上給人看的鍊甲，刀子砍不斷。要瞄準的話就是雙腳、手腕、腋下、頭部。

男子將大刀揮到底的瞬間，你俐落地滑上前。

將快要倒下的上半身撐起來，刀刃向前伸出，從肩膀往斜下方砍。

「噢……！」

鏘一聲，你感覺到刀尖擦過了鍊甲。沒有擊中的手感。

鍊甲男利用揮下大刀的反作用力，逃過一劫。

證明他熟知武器的優缺點，以及自己的戰鬥方式。不過無所謂，你也一樣。

你沒有重新拿好彈到斜上方的彎刀，而是放鬆右手，左手抓著刀柄末端一轉，將刀刃翻面。

然後直接踏上前，瞄準脖子揮刀。

然而，這一擊因為男子斜拿著的大刀而滑開，是錯開攻擊軌道的常用手段。

你立刻抽回刀，男子從下方往上挑的攻擊緊接著襲來。

你毫不猶豫跳開。

屈膝從大刀上面跳過去。

因為男子的武器不擅長連擊，不用擔心在空中或降落時遭受攻擊。

不過敵人也不簡單。你的腳底剛碰到石板路，男子的拳頭便近在眼前。

剛才那一刀是用單手揮的嗎！你為了減緩著地時的反作用力，迅速屈身，閃過他的拳頭。

不妙。你感覺到拳壓帶起一陣風吹過頭上，往後方滾動。

下一刻，大刀直接砸在你剛才所在的位置。石板路碎成粉末。

你起身將刀拿在正前方，不停喘氣，肩膀上下起伏。

放鬆僵硬的身體，讓積蓄在體內的熱度散去，吸入氧氣，以幫助集中於腦部的血液循環至全身。

汗水冒出，卻連眼睛都不能眨。但多虧纏在刀柄上的鯊魚皮，手並不會滑。

照理說，四周應該充斥著兵器碰撞聲，卻無法傳入你的耳中。

視線範圍瞬間縮小，世界彷彿往鍊甲男身上收束。

「呼——呼——呼——！」男子笑了。「看來你開始累囉！」

不過那樣就好。你心想。因為——

「沐西卡（音色）！」

「空奇利歐（接續）！」

「特爾普西柯拉（舞蹈）！」

——因為這男人八成也一樣！

「什、麼!?」

兩位少女以如歌般的語調，朗誦「舞蹈（Dance）」的咒文。

等他發現時已經來不及了。

鍊甲男的腳像在跳舞般不停抽搐，糾纏在一起。

他的腳大概只絆到了一瞬間。可是對你來說，這麼一瞬間便足矣。

你吶喊三句真言，射出從刀柄裡拔出的馬針。

沙吉塔（箭），凱爾塔（必中），拉迪烏斯（射出）。也就是「力箭（Magic Missile）」！

「——呃啊!?」

馬針帶有絕對命中的力量，有如卓越的弓術，深深刺進男子的眼窩。

鍊甲男按住臉向後仰，大刀已不足為懼。

——殺！

你咆哮著一口氣拉近距離，將彎刀高舉至頭頂。

刀刃流暢地從男子的肩頭劃至喉嚨。

「嗚、嗯!?」

中了。鮮血四濺是造成致命傷的證據。

男子彷彿被自己的血液嗆到，發出啵啵啵的哀號聲，魁梧的身軀過沒多久便搖搖晃晃倒在地上。

大刀喀啷喀啷掉出手中。

「成功了……！我們辦到了！」

「是、是的！」

真是，真正可怕的果然是堂姊。

跟女主教牽著手，笑得天真無邪的她的法術有多具威脅性，本人並沒有自覺。

你幫為自己撐過猛攻的愛刀甩掉刀刃上的血，環視周遭。

「絆到腳的話，連我都幹得掉他。」

旁邊的蟲人僧侶已經解決掉一個人，用彎刀割開他的喉嚨。

與鍊甲男交戰時之所以沒遭到妨礙，推測是因為他幫你擋住了那些小混混。

你立刻道謝，重新拿好刀。剩下四名敵人嗎？

「……要道謝之後再說。」蟲人僧侶開口。「還沒結束。」

「對呀，而且你也得跟我道謝呢。」

女戰士用血化了妝的臉浮現笑容，槍尖剛好刺進小混混肋骨的縫隙間。

從鎧甲連接處滑進去的槍尖，轉眼間奪走小混混的性命。這樣就剩下三個。

「看來咱果然要等戰鬥結束才有事做囉。」

你聽見半森人斥候用因緊張而僵硬的聲音，硬開了個玩笑。

你聳聳肩膀，衝進失去頭目而驚慌失措的盜賊群中。

★

「饒、饒命啊！投降！我投降……!!」

過沒多久，最後一個人扔掉長滿鏽斑的劍。

劍刃喀啷喀啷地在油膩膩的石板地上彈起來。你踢飛那把劍。

「拜託！別殺我……！我會離開迷宮，也會離開這座城市……！」

——沒道理將盜賊、山賊之流視為人類，何況是潛伏於迷宮中的怪物。

你可以拯救這名強盜的性命，也可以殺掉他。

該如何是好？你謹慎地單手拎著彎刀，望向同伴。

「這個嘛……」

「我都可以。」

女戰士及森人僧侶看起來有點放鬆，大概是判斷戰鬥結束了。

半森人斥候默默聳肩搖頭。堂姊——嗯，你知道她會說什麼。

這樣的話……

「可以饒他一命。」

最後的女主教，用十分平穩——感覺不到情緒的聲音，直截了當地說。

哦？你睜大眼睛，她靜靜走到你前面，揮了下天秤劍。
山賊也有點難以置信地看著站在自己面前的少女。
「若這位先生真的改邪歸正，可以饒他一命。沒什麼大不了的。」
呣，你低聲沉吟。好吧，是無所謂。大局已定。
你「喀嚓」一聲將彎刀收進刀鞘。
女主教帶著微笑點頭，轉身面向你。
山賊馬上咧嘴大笑，從懷裡拔出短劍撲向女主教。
「上當了吧，白痴————唔!?」
——下一刻，他的腦袋便像番茄炸開般，發出沉悶的聲響碎裂。
「不知悔改的話，只能以死謝罪了。」
女主教像在跳舞似地優雅轉身，使勁甩動手上的天秤劍。
兼具秤重功能的天秤，對山賊造成致命傷害(Damage)，擊碎他的頭蓋骨。
血與腦漿濺到牆壁上形成一幅畫，你聽見堂姊的驚呼聲。
「……很遺憾，這也是無可奈何。」
女主教看都不看仍在抽搐的屍體一眼，用依然平穩的語氣對你說。
紅褐色血液點點噴濺在她帶著冷笑的臉上。
呣，你低聲沉吟。好吧，是無所謂。怎樣都好。

你想了一下，慎選措辭，告訴她「看來以後可以讓妳上前線了」。

「哎呀，怎麼可能……請不要說那麼恐怖的話。」

女主教的語氣蘊含與年齡相符的稚氣，她低下頭，彷彿真的在害怕。

你輕拍她的肩膀慰勞她，招手對堂姊打信號。

「啊，那個……嗯！交給我吧……！」

她的態度表現出緊張及困惑，旺盛的精力卻更在其上。堂姊毫不猶豫衝向女主教。

她先是對她說「辛苦了」，接著遞出水袋，將她帶到墓室的角落，無微不至。

你發自內心尊敬她的這部分。

「……欸，沒問題嗎？」

女戰士看著她們倆，輕輕拉扯你的袖子。

你搖頭表示不知道，至少還不到要你喊停的地步。

人類心中有大大小小的心弦，有時會觸動情緒。

對女主教來說，山賊的行為——求饒就算在其中吧。

考慮到重創她內心的那段過去，不難想像。

只不過——既然本人沒說，其他人也沒必要主動干涉。

「你……」女戰士搖頭將講到一半的話收回。「……原來還有這樣的一面呀。」

你聳聳肩膀，走向山賊們拿來堆雜物的角落。

你拜託女戰士負責戒備，她隨口應了聲「是——」。

算了，應該用不著擔心。你相信她。

半森人斥候及蟲人僧侶也跟在你身後，前去確認那些傢伙儲藏的財寶。

哎呀，就是因為有這東西，才讓人戒不掉襲擊與掠奪。

「因為這直接關係到收入，想戒掉也沒那麼容易哩。」

冒險者就是這樣。你點頭贊同斥候，將戴著護手的手伸向垃圾山。

蟲人僧侶敲著嘴巴抱怨「真麻煩」——你卻對他們心存感激。

因為半森人斥候和蟲人僧侶，都沒有對女主教剛才的行為多說什麼。

兩人的貼心之舉難能可貴，身為頭目的你感謝他們很正常。

他們互看一眼，異口同聲地回問「你在謝什麼」。

你笑了，沒有繼續這個話題，專注在搜索上。

從裡面挖出來的全是冒險者的裝備，或許該說理所當然吧。

嶄新的鎧甲、武器、被搜括過的空雜物袋，以及識別牌。

你將這些東西一個個扔進用來當屍袋的麻袋。

不小心踏進地下一樓深處的人，八成被他們吃得一乾二淨了。

恐怕是真正意義上的吃。

在這座迷宮中，不可能找得到正常的食物。

那些傢伙一直以來是吃什麼維生，看塞在鍋子裡的怪肉就一目了然。

這樣的話——或許女主教剛才的判斷，果然是正確的。

蟲人僧侶說得沒錯，他們並非人類，而是怪物。

「……嘿，老大。」

半森人斥候突然叫住你。

仔細一看，他手中的是髒掉的碎布和皮甲。

碎布似乎是髮圈，上面黏著幾根金髮。

皮甲也因為血跡和汙垢的關係不留原形，但本來似乎是白色。

兩者你都有印象。

你瞄向身後——仍在戒備的女戰士，以及對面的女主教跟堂姊。

聽不清楚她們在說什麼。

但你看見堂姊在笑，女主教僵硬的表情也放鬆下來，露出笑容。

——沒必要特別告訴她們。

你下達結論，將髮圈和皮甲回收，扔進麻袋。

只是看過類似的東西罷了。金髮冒險者和穿白色皮甲的冒險者，多得數不清。

你咕噥道，蟲人僧侶慢慢搖晃觸角。

「……我什麼都沒看見。」

他敲了下嘴巴，手放在掛在胸前的神的法印上。

「願於此地逝世的人，下次能一帆風順。」

你點頭，站起來。該做的事做完了，無須久留。

——走吧。

「……好了，走吧？妳累了，今天得好好休息。」

「是的……是的。」

你呼喚同伴，堂姊催促著女主教，與她一同起身。

望向女戰士，她依然回以曖昧不明的笑容。

整理好隊伍，檢查裝備。沒有異常，也沒人受重傷。

你點頭，離開墓室，準備沿原路回到地面。

你催促女主教，她「啊，不好意思」急忙搜起行囊，取出地圖。

她的引導既清楚，又沒有不確定之處，讓人覺得肯定萬無一失。

幸好從通道走進墓室，從墓室前往通道的期間，沒有遊蕩怪出現。

隨著探索進度愈來愈接近深處，今後也得將回程路線納入考量才行。

再熟練的戰士，都沒有無限的體力跟集中力。

連戰會一點一滴磨損生命。就算不論這一點，在這座死亡迷宮裡，又有多少生存的可能性呢？

「累歸累……」

藉由繩梯從地下二樓爬到地下一樓後，堂姊忽然喃喃說道。

你們調整呼吸，補充水分，進入短暫的休息時間。

她一屁股坐到石板路上，彷彿鬆了口氣似的，微笑著說：

「這樣那些孩子也能放心探索了。」

你簡短回答「是啊」。

地面近在眼前。

★

穿過迷宮的入口——出口時，與那片黑暗截然不同的柔和光芒降下。

雙月及繁星在頭上的天空閃爍，看來天徹底黑了。

負責看守的近衛女騎士從你們的模樣看出端倪，默默行禮。

哎，你們扛著染血的麻袋，應該看得出激戰的痕跡。

你微微聳肩致意，從她面前經過，緩步走在通往城鎮的街道上。

「哎呀……累死囉……」

「走那麼久，腳好痛喔……還被汗弄得黏黏的，好想擦身體……」
女戰士愁眉苦臉地接在半森人斥候後面抱怨。
第一次踏入地下二樓，又經歷一番激戰，你點頭說道「沒辦法」。
儘管你不認為有哪裡判斷失誤，你還是覺得虧大家有辦法跟上。
你可以誠心感謝他們，也可以感謝「宿命」及「偶然」讓眾人平安。
「……對了！」
小步走在你後面的堂姊兩手一拍，臉上漾起笑容。
「剛經歷過一場大冒險，明天要不要放個假？」
「咦，可是……」
——這個**再從姊**又在突發奇想了。
女主教困惑地皺眉，觀察四周。
噴到臉頰上的血，大概是由堂姊仔細幫她擦掉的，現在她的臉乾乾淨淨。
不過疲態明顯，也還殘留著強烈的緊張感。
「……可以嗎？」
「因為大家都很努力嘛。對不對？」
堂姊望向你。你想了一下，點頭表示「可以吧」。
首先，就你所知，你們的進度好像比其他冒險者快得多。

不如說……

「無妨吧。畢竟其他人通通只對賺錢有興趣。」

——蟲人僧侶不屑地說。此言甚是。

有意願去確認迷宮最深處的「死」之源頭的冒險者，不曉得有多少。

愈接近城鎮，滿臉通紅、拿武器出來炫耀、有說有笑的人就愈來愈多。

經他這麼一說，那些小混混也僅僅是被迷宮的財寶迷住。

被「死」……被魔宮迷住的人，等同於遊蕩怪(Wandering Monster)的存在，不祈禱者(Non-Prayer)們。

正因如此，你們才得進到地下二樓——總有一天，還必須挑戰地下三樓。

為了繼續前進，養精蓄銳沒有壞處。

「對啊。體力還沒恢復就進入迷宮未知的領域，有幾條命都不夠死。」

幸好大家都贊成。既然如此，今天乾脆先回旅館休息吧。

明天再去賣掉撿到的裝備——死人不會使劍——把識別牌送到寺院。

你自己也因為用過法術的關係，消耗了不少體力。

「休息果然很重要。」

不過你那位笑容可掬的偉大堂姊有多正當的理由，就不好說了。

但不可思議的是，你對於那抹浮現於疲憊的臉上的苦笑，感到心曠神怡。

沒有什麼事比遇見難能可貴的同伴更幸運。

你沉浸在有所成長的感動中，倒進旅館馬廄的稻草堆。
今晚肯定會睡得很熟——

★

——……然而，人往往會在精疲力竭的時候淺眠。
連一點小聲音聽起來都格外刺耳，不知道是不是戰鬥的餘韻使你特別亢奮。
你在躺起來比想像中舒服的稻草堆上坐起身，拍掉黏在衣服上的稻草。
睡在旁邊的半森人斥候嘴巴動來動去，正在說夢話。
蟲人僧侶在馬廄的角落頻頻翻身，推測是睡不好。
你留意著別吵醒他們，一把抓住愛刀，慢慢離開馬廄。
帶著寒意的清爽夜風，捎來甜美的香氣。
是肥皂嗎？能察覺到這點細節，不曉得是不是因為你的等級提升了。
仔細一想，你在這座城鎮待了幾天呢？
帶著得來不易的同伴，經歷迷宮的冒險，在死鬥中存活下來。
儘管是瑣碎的經驗，累積起來還是逐漸為你帶來成長。
「……所以？你不找我聊天嗎？」

而其中一名得來不易的同伴，站在馬廄前面。

女戰士對你微笑，你叫她跟之前一樣，坐到其中一個稻草堆上。

「是——嗯，還是一樣軟耶。」

她發出意外輕盈的聲音坐在稻草堆上，抱著雙膝，看起來心情不錯。

「欸。」她像小孩子般微微歪頭。「今天你期待了嗎？」

不。你笑著搖頭。女戰士興致缺缺地嘀咕道「這樣呀」。

她怎麼會來這邊？她應該也很累才對。

「嗯——？累的時候就是會莫名清醒。」

女戰士的頭髮溼答答的，推測是一回到房間就馬上去清洗了。

「所以我來這邊打發時間——的感覺？」

原來如此。你點頭。

你們應該都知道，這段對話跟前幾天的夜晚有幾分相似。

所以，她接下來要說的話肯定也相同。你早已預料到，卻默默等待她開口。

「……這是表面上的理由啦……」

女戰士斜眼看著你，微微一笑。

「我想趁開得了口的時候跟你道謝。」

你也看著跟那晚一樣的雙月，笑了出來。

——其實，你沒做什麼值得道謝的事。

你履行了自己的義務，率領團隊行動，順利讓眾人生存下來。

講白了點僅此而已，反而是你該跟她道謝。

你悠哉地對她說。

「……是嗎？」

女戰士模仿你，跟著仰望明月，被夜風吹得瞇起眼睛。

你和她都暫時沒有出聲。

你大可跟她搭話，也大可繼續保持沉默。

經過片刻的思考，你冷靜地告訴她「有想說的話就說吧」。

「什麼啦。你的語氣是被某位和尚感染了嗎？」

她呵呵輕笑，你卻不是在開玩笑，十分嚴肅。

有想說的話就說，不想說的話，你也不會逼她。

如果妳希望我什麼都不要說，我不會開口；如果妳希望我說話，那我就照做。

又不是凡事都得坦誠相告，才能成為夥伴。

只不過——硬要說的話，你覺得她看起來有話想說。

實際上，她剛才確實說了「趁開得了口的時候」，所以你主動詢問也很正常。

「哦……」

女戰士疑惑地沉吟，嘴角勾起一抹調侃的笑容。

「這種……也叫溫柔嗎？是多虧姊姊的教育？」

是**再從姊**。你說。

而且這跟堂姊沒什麼關係，意即是你自己的個性。

「那如果我說我不想講呢？」

那就到時再說。

可以默默賞月，也可以跟之前一樣回房就寢。

你輕描淡寫地回答。

女戰士盯了你一會兒，不久後無奈地嘆氣。

「……真是。跟你聊天的時候，總是會害我失常……」

你一語不發，聳聳肩膀。女戰士見狀，像在鬧脾氣似地哼了聲。

「我呀。」她喃喃說道。

「覺得發生過兩次的事，就會發生第三次。」

兩次？你問，她「嗯」輕輕點頭。

「第一次見面時，我不是在寺院託人埋葬屍體嗎？——那是第二組。」

你默默點頭。

的確，初次見面時明明同伴全滅了，她卻十分冷靜。

本以為是因為她進過迷宮好幾次，但未免太誇張了。

「剛開始姊姊也在，我們是同一家孤兒院出身的，約好大家要一起成為冒險者。」

這種事很常見，你也聽說過。那幾位少女也是，並不稀奇。

當然，無論小孩或老人，所有人的條件都一樣。

只能用上天給予的手牌決勝負，抱怨也於事無補。

「宿命」及「偶然」的骰子一視同仁，即使是在眾神面前。

「哎，我運氣是不錯啦？」

——可是姊姊他們被強盜襲擊，死了。

她邊說邊笑，你無從得知她的心境。

只有她自己知道她在想什麼吧。你不會選擇擅自去推測。

「本來想說，迷宮深處有『死』的話，說不定也有『生』。」

——可是，沒那麼順利呢……

這句呢喃中，寄宿著多麼強烈的思緒，你不會明白。

死者不會復活。

那是這個四方世界不成文的規定之一。

連寺院的僧侶引發的「蘇生（Resurrection）」神蹟，都只是將生命從死亡邊緣喚回。

生死絕對無法顛覆，如同骰子的點數。

有能力顛覆生死的，若非神代的遺物，就是眾神的——真正意義上的神蹟。

然而，既然潛伏在迷宮最深處的是「死」。

她應該是賭在了超越人智的某種……些微的可能性上吧。

「所以我才覺得如果大家會全滅，我得趕快逃出去。」

因為自己不能在復活同伴前死去。

你聽了，嘴角勾起一抹苦笑，回答「真過分」。

不過，新手冒險者究竟能在試煉場存活多久？

這件事她想必比自己更清楚，思及此，你便覺得這也是無可厚非。

「對不起喔。」

女戰士如同一隻貓，喉間傳出輕笑。

「開玩笑的啦。騙你的，全——是騙你的。我只是想逗你一下而已。」

她輕盈地站起來，甩動修長的雙腿，宛如在玩樂的小孩。

你坐著凝視她，問「好了嗎」。

「……嗯，沒問題了。謝謝你喔？我有點睏……先回去了。」

她邊說邊「呼啊」發出可愛的聲音伸懶腰。

雖說明天放假，你們畢竟剛經歷一場冒險，是該休息了。

© lack

你如此說道，揮手目送她離去——

月下，她轉過身，朦朧月光照亮的白皙臉頰對著你，雙脣像在輕聲細語般一開一合。

「啊，還有。」

「……這是真的喲。」

她輕笑著說，露出燦爛如花的笑容。

你還沒回應，女戰士便離開馬廄。

你將她的名字而非編號刻在心中。不能忘記。

回想起來……這一天，這一場冒險，發生了太多事。

如今只剩下你一個人，又是一個寧靜的夜晚。

不時從旅館外傳來的聲音，只有開門聲與人們的腳步聲。

城門在這麼晚的時間開啟，大群人潮湧入城內的理由，顯而易見。

八成又有哪座村子或都市，被大批的「死」吞沒了。

無家可歸的人們，在徘徊過後來到這座城塞都市。

——真奇妙。

這裡明明是毀滅世界的「死」之源頭，每個人都選擇來到這座城市。

金幣源源不絕地從迷宮湧出。無論要冒險要從商，都能在這裡活下去。

人們無力地在街道上行走，即使如此，依然懷著渺小的希望潛入迷宮。

然後被「死」吞噬，再也沒有回來。

你被極為冰冷的想法囚禁住，握緊手中的愛刀。

「死」為何物？迷宮又是什麼？

——想確認的話，就必須前去挑戰。

抬頭仰望夜空，遠方那座據說有龍棲息的山脈飄出山嵐，乘風綿延至天際。

後記

大家好，我是蝸牛くも！

《鍔鳴的太刀》上集，大家還喜歡嗎？

這是冒險者們挑戰迷宮，與怪物互相殘殺，以最下層為目標的故事。

我寫得很努力，如果各位看得開心就太好了。

本作的時間點比《哥布林殺手》早很多。

是挑戰世上最為幽深的迷宮的偉大冒險者們的故事。

古老的世界。古老的冒險。輪廓線密布的迷宮，源源不絕的怪物及財寶。

聚集在酒館的冒險者。迷宮中的死。如此累積下來，在盡頭等待你們的勝利。

發生在很久很久以前，由傳說和詩歌講述的冒險。

如同《哥布林殺手》這個故事裡所寫的，世上存在許多冒險者。

四方世界中，存在數不清的冒險。

會噴火的山、邪惡魔法師的要塞、地獄之館、設有死亡陷阱的地下迷宮、地獄之館……

當然不是只要剿滅哥布林就行。

從迷宮湧出的死、怪物、魔神、威脅、錢財、寶物、名聲。

殺再多哥布林，也無法化解世界的危機吧。

村莊還沒滅亡，世界就先滅亡的話，那還有什麼意義。

當然，跟《哥布林殺手》的內容一樣，世界一定會得到救贖。

相信各位不會不知道。

而各位應該也知道，有一群冒險者為了拯救世界而挑戰地下迷宮。

那麼，冒險者們是如何攻略迷宮、如何拯救世界的呢？

從現在開始去瞭解就行了。

因為這是你（YOU）的故事。

我想下一集會是冒險者挑戰迷宮，與怪物互相殘殺，以最下層為目標的故事。

希望各位能看到最後。

國家圖書館出版品預行編目資料

GOBLIN SLAYER! 哥布林殺手外傳 . 2, 鍔鳴的太刀 / 蝸牛くも作 ; Runoka 譯 . -- 1 版 . -- 臺北市 : 城邦文化事業股份有限公司尖端出版 : 英屬蓋曼群島商家庭傳媒股份有限公司城邦分公司發行, 2021.08-
冊 ; 公分
譯自 : 鍔鳴の太刀(ダイ・カタナ) : ゴブリンスレイヤー外伝2
ISBN 978-626-308-335-6 (上冊 : 平裝)

861.57 110007441

浮文字

GOBLIN SLAYER 哥布林殺手外傳2：鍔鳴的太刀 上

（原名：鍔鳴の太刀（ダイ・カタナ）：ゴブリンスレイヤー外伝2）

著者／蝸牛くも
插畫／lack
譯者／Runoka
榮譽發行人／黃鎮隆
美術總監／沙雲佩
國際版權／黃令歡、梁名儀
總經理／陳君平
美術編輯／徐祺鈞
內文潤校／梁瓏
經理／洪琇菁
執行編輯／曾鈺淳
文字校對／施亞蒨
總編輯／呂尚燁
企劃宣傳／楊玉如、洪國瑋
內文排版／謝青秀

出版／城邦文化事業股份有限公司 尖端出版
台北市中山區民生東路二段一四一號十樓
電話：（〇二）二五〇〇－七六〇〇
傳真：（〇二）二五〇〇－二六八三
E-mail：7novels@mail2.spp.com.tw

發行／英屬蓋曼群島商家庭傳媒股份有限公司城邦分公司 尖端出版
台北市中山區民生東路二段一四一號十樓
電話：（〇二）二五〇〇－七六〇〇（代表號）
傳真：（〇二）二五〇〇－一九七九

中彰投以北經銷／楨彥有限公司（含宜花東）
電話：（〇二）八九一九－三三六九
傳真：（〇二）八九一四－五五二四

雲嘉經銷／智豐圖書有限公司 嘉義公司
電話：（〇五）二三三－三八五二
傳真：（〇五）二三三－三八六三
客服專線：〇八〇〇－〇二八－〇二八

南部經銷／智豐圖書有限公司 高雄公司
電話：（〇七）三七三－〇〇七九
傳真：（〇七）三七三－〇〇八七

一代匯集／香港九龍旺角塘尾道六十四號龍駒企業大廈十樓B&D室
電話：（八五二）二七八三－八一〇二
傳真：（八五二）二五八二－一五二九
E-mail：hkcite@biznetvigator.com

新馬經銷／城邦（馬新）出版集團Cite（M）Sdn. Bhd.
E-mail：cite@cite.com.my

法律顧問／王子文律師 元禾法律事務所
台北市羅斯福路三段三十七號十五樓

二〇二一年八月一版一刷

■中文版■

郵購注意事項：
1.填妥劃撥單資料：帳號：50003021戶名：英屬蓋曼群島商家庭傳媒(股)公司城邦分公司。2.通信欄內註明訂購書名與冊數。3.劃撥金額低於500元，請加附掛號郵資50元。如劃撥日起 10～14日，仍未收到書時，請洽劃撥組。劃撥專線TEL：(03)312-4212 ・ FAX：(03)322-4621。E-mail：marketing@spp.com.tw